KB163598

당신의 **경험**을 사겠습니다

**경험이 상품이 되는
경험경제의 시대!**

박흥원 지음

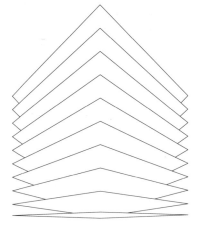

당신의 경험을 사겠습니다

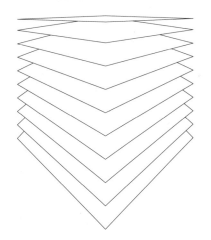

홍익출판 미디어그룹

상품이 된 경험

이제는 경험을 사고 파는 시대

우리는 경험이 상품이 되는 경험 경제의 시대에 살고 있다. 소비자들은 좋은 경험을 위해 기꺼이 값을 지불한다. 기업들은 상품과 서비스를 넘어 그것이 제공하는 총체적인 경험을 판매한다. 일리노이 주립대학의 로버트 로스만J. Robert Rossman , 브리검영대학교 메리어트 경영대학의 경험디자인&경영학부 부교수 매튜 듀어든Mathew Duerden 은 그들의 책《팔리는 경험을 만드는 디자인Designing Experiences》을 통해 경험상품의 의미와 좋은 경험을 설계하는 법에 대해 소개한다. 위 책은 UX REVIEW

라는 출판사에서 출간되었지만, 책 내용에서는 UX[01]라는 용어가 등장하지 않는다. 대신 '경험디자인'이라는 용어를 사용한다.

　오픈 열흘 만에 방문객 200만 명을 기록했다고 하는 '더현대 서울'[02]의 기획을 단순히 UX 관점으로만 설명할 수는 없을 것이다. '일상을 풍요롭게 만드는 디자인의 힘'이라는 캐치프레이즈를 건 '현대 모터 스튜디오 부산'[03]의 경우도 마찬가지다. 이들의 공간은 단순한 판매나 홍보를 넘어 소비자에게 어떠한 경험을 제공하고자 한다는 공통점을 가진다.

　'경험'하면 빼놓을 수 없는 또 다른 기업으로는 애플이 있다. 애플을 단순히 하드웨어를 잘 만드는 회사, 디자인을 잘하는 회사로 평가한다면 그들의 경쟁력을 온전히 이해하지 못한 것이 된다. 애플 기기를 언박싱하는 유튜버들의 영상을 보면 하나 같

01　사용자 경험 User Experience. 주로 어플리케이션/웹 화면의 구성과 디자인을 통해 편리한 사용성을 제공하는 것을 목표로 한다.

02　2021년 2월 서울 여의도에 문을 연 서울에서 가장 규모가 큰 백화점이다. 살 것이 있는 백화점. 먹을 것과 볼 것이 있는 복합 쇼핑몰을 넘어 경험할 만한 것을 제공하는 공간으로, 기존의 백화점을 한 단계 진보시킨 플래그십 스토어라는 평을 받는다.

03　2021년 4월 부산 수영구에 문을 연 복합문화공간. '마음을 움직이는 공간'이라는 소개에서도 알 수 있듯 단순히 자동차를 소개하는 공간에서 그치지 않는다. 아트전시를 시작으로 다양한 체험과 워크샵을 진행하며 말 그대로 현대라는 브랜드를 온 몸으로 느낄 수 있는 경험을 제공한다.

이 감탄하는 부분이 있다. 바로 포장을 뜯는 경험이다. 이것은 단순히 패키징을 잘하는 것과는 다른 측면으로 바라봐야 한다.

애플은 경험에 관심이 많은 기업이다. '휴대폰은 한 손안에 들어와야 한다'는 스티브 잡스의 신념처럼, 애플은 '제스처의 즐거움', '사용자와 교감하는 듯한 햅틱haptic 반응04' 등 애플만의 경험이라는 신념을 굳건히 지키고 있다. 그렇기 때문에 애플페이 미제공, 독자규격 충전기 사용 등 수많은 불편함을 감수하고서라도 애플을 고집하는 팬 층이 두터울 수 있는 것이다.

사용자 경험UX 뿐만 아니라, 브랜드 경험BX: Brand eXperience, 고객 경험CX: Customer eXperience 까지. 우리는 비즈니스에서 경험이 중요하다는 것을 이미 알고 있다. 그렇다면 좋은 서비스가 곧 좋은 경험이라고 할 수 있을까? 서비스는 고객이 가진 문제를 쉽고 빠르게, 혹은 친절하게 해결해 주는 과정을 일컫는다.

예를 들어 건물 관리인이 혼자서 건물 전체를 청소하는 것은 어렵거나 불가능하므로 일정한 대가를 주고 건물을 깨끗하게 청소해 주는 서비스를 제공받을 수 있다. 이때 좋은 서비스란,

---

04 미세한 진동을 통해 촉각으로 느껴지는 반응을 말한다.

신속하고 꼼꼼하게 건물을 청소해 주는 것이다. 건물 관리인 고객이 추가로 관여할 일이 줄어들수록 좋은 서비스라고 할 수 있다. 즉, 아무것도 경험하지 못할수록 좋은 서비스가 되는 것이다.

경험을 제공한다는 것은 고객을 참여자로 맞이하는 것

경험은 기억과 정서를 남긴다. 경험의 연속이 곧 삶이라고 할 수 있다. 서비스가 원활하게 제공된다면, 대개는 고객과의 접점이 짧아진다. 오히려 경험의 비중은 줄어드는 것이다. 즉, 좋은 서비스는 좋은 경험과 동일한 개념이라고 할 수 없다. 좋은 경험을 제공한다는 것은 고객이 기꺼이 참여자가 되어, 브랜드와 함께하는 기억을 간직하고, 그것에 대한 정서를 경험하게 한다는 것이다. 누구나 자신의 브랜드에 대해 긍정적인 경험을 제공하고 싶어 한다. 그렇기 때문에 UX, BX, CX라는 분야가 나타났을 것이며, 최근에는 UX 라이팅Writing 등 국내에서도 그 분야가 세분화되고 있다.

그러나 앞서 말한 모든 분야가 대상자의 경험에 초점을 맞추고 있음에도 불구하고, 그것을 통합적으로 바라보고자 하는 시각은 아직 부족하다. 해외에서는 HXHuman eXperience라는 키워드로 솔루션을 제공하는 기업들을 간간히 찾아볼 수 있으나, 국

내에서는 HX라는 단어 자체가 아직은 생소한 듯하다.

제품, 서비스, 공간, 이벤트, 무엇이 되었든 결국 그것을 제공받는 주체는 모두 인간이다. 인간의 경험에 대한 이해가 선행된다면 제공하고자 하는 비즈니스가 제품이든, 서비스든, 공간, 브랜드, 이벤트 무엇이 됐든 진정성 있게 그리고 효과적으로 전달할 수 있다.

따라서 우리는 사람과, 사람이 겪는 경험의 과정에 대해 관심을 기울일 필요가 있다. 심리학, 사회학, 철학 등 다양한 인문학분야가 경험에 대한 이해를 도울 것이다. '인문학적 역량'이란, 이러한 이해를 바탕으로 한다. 우리는 인간이고, 다른 인간에게 무언가를 제공하며 살아간다. 이것은 시간이 아무리 흘러도 변하지 않는다. 그리고 이 변하지 않는 사실이 우리가 인간과 경험에 대해 알아야 할 이유이기도 하다.

차례

프롤로그 상품이 된 경험 _4

1부 인간의 경험^{HX}이 상품이 되다

PART 1 나는 우울할 때 방을 정리한다

01 오징어 게임을 섬에서 진행해야 했던 이유 _16

02 가장 맛있는 붕어빵, 가장 맛있었던 붕어빵 _23

03 어머니와 나는 다른 지구에 살고 있다 _28

04 우울해 죽겠는데 방 청소를 하라고? _33

05 술 맛이 좋았던 그 시절 술집 _40

06 시대가 빠르게 변할 때 필요한 역량 _44

07 부장님은 왜 재택근무를 싫어할까? _51

PART 2 스타벅스는 커피를 팔지 않는다

01 커피를 파는 척하는 스타벅스 _62

02 의도적으로 불편함을 주는 백화점 _68

03 인스타그램 공유 이벤트의 무용함 _74

04 지도는 사라질 수 있을까? _81

05 스키장을 왜 돈 내고 가? _88
06 그럼에도 나는 영화관에 간다 _93
07 코로나 이후의 학교는 어떤 경험을 제공해야 하는가 _99
08 가상현실은 현실경험을 대신할 수 있을까? _105

2부 경험을 디자인하다

PART 3 나의 첫 경험을 팔겠습니다
01 당신의 첫 경험을 사겠습니다 _116
02 눈을 뜨면, 지각이다 _124
03 적당한 지각의 이로움 _130
04 추억은 다르게 적힌다 _135
05 윈도우를 사야 하는 사람, 맥북을 사야 하는 사람 _143
06 몸짓과 꽃의 차이 _150

PART 4 달의 뒷면에는 경험기획자가 산다
01 달의 뒷면에서 하는 기획 _158
02 당신의 소비자는 콜럼버스가 아니다 _165
03 초장을 잘 쓰는 기획자 _172
04 기획자에게 만능간장이란 없다 _179

05 쿨한 이별에 재회는 없다 _187

06 영화는 엔딩크레딧에서 끝나지 않는다 _195

PART 5 디자인된 경험들

01 가랑비처럼 적시는 온라인 콘텐츠 _202

02 존재감을 숨기는 서비스 _207

03 집밥의 맛을 내는 공간 _212

04 폴라로이드로 인화된 이벤트 _217

05 옆집에 사는 브랜드 _222

에필로그 당신이 구매한 것은 책이 아닙니다 _228

1부

인간의 경험^{HX}이
상품이 되다

PART 1
나는 우울할 때 방을 정리한다

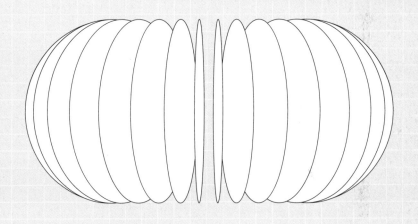

01

오징어 게임을 섬에서
진행해야 했던 이유

아래 내용은 드라마 〈오징어 게임〉의 스포일러가 될 수 있음을 밝힌다.

경험중심의 HX 관점으로
해석한다면

"오징어 게임에 오신 참가자 여러분, 환영합니다."

- 〈오징어 게임〉 넷플릭스 드라마

오징어 게임은 '456억을 건 생존게임'을 주제로 세계적인 호평을 받은 넷플릭스 시리즈다. 게임의 진행자인 네모▫ 요원은 게임의 플레이어들을 참가자라고 불렀다. 녹색의 트레이닝 복을 입은 참가자들은 오징어 게임의 고객이라고 할 수 있을까? 아마 동의하기 어려울 것이다. 주인공 기훈이정재을 포함한 플레이어들은 오징어 게임에 직접 참가하는 플레이어이면서, 동시에 목

숨을 걸고 게임을 플레이하는 모습으로 즐거움을 주는 광대에 가까웠다. 그들은 비용을 내고 게임이라는 서비스를 제공받은 것이 아니다. 오히려 즐거움을 제공하는 쪽이었다.

오징어 게임의 고객이라고 할 수 있는 사람들은 화면 너머로 게임의 중계를 지켜보던 수많은 익명의 부자들이다. 그들은 비용을 내고 오징어 게임이라는 콘텐츠, 즉 유희거리를 제공받았다. 그러나 오징어 게임이 콘텐츠만 판매한 것은 아니다. 오징어 게임은 경험도 제공하고 있었다. 경험상품은 소비자를 참여자로 맞이한다.

단편적으로 보면 오징어 게임의 플레이어^{참가자}들이 참여자라고 오해할 수 있으나, 경험기획HX의 관점에서 진정한 참여자는 따로 있다. 바로 직접 현장에 와서 게임을 관람한 VIP들이다. 그들은 호화로운 장식의 동물가면을 쓰고 게임을 직접 관람했으며, 게임 규칙에 영향을 미치기도 했다. 참가자들이 오징어 게임이라는 데스게임에 참가했다면, VIP들은 오징어 게임의 소비자가 되어 경험에 참여한 것이다.

게임은 왜 섬에서 진행되어야 했을까? 사법체계의 감시를 피하기 위해서라고 생각해 볼 수도 있고, 어마어마한 규모의 건축

허가를 받을 필요가 없도록 섬 자체를 매입해버렸기 때문일 수도 있다. 혹은 참가자들이 도망치는 것을 방지하기 위해서일 수도 있다. 여러 가지 가능성을 생각해 볼 수 있겠으나, 경험의 관점에서 한 번 고민해 보자.

먼저 게임 참가자들^{플레이어}의 관점에서 생각해 보자. 오징어 게임의 로케이션이 섬인 것은 사실 참가자들에게는 아무런 의미가 없었다. 첫 번째로, 그들은 게임이 진행되는 장소가 섬인 것을 알지 못했다. 참가자들은 모두 육지에서 차를 탔고 수면가스에 취한 채 섬으로 운반되었다. 스타렉스에 올라 잠이 든 참가자가 눈을 떴을 때는 이미 미지의 공간에 도착해있었다. 그곳은 실내였고, 먼 곳이 보이는 전망 좋은 창문 따위는 존재하지 않았다. 첫 번째 게임은 야외에서 진행되었으나, 그곳은 높은 벽으로 둘러싸여 있었다.

참가자들의 이탈을 방지하기 위한 이유였다면, 굳이 섬을 매입할 필요까지는 없다. 작중에서 게임에 몰래 잠입한 형사^{위하준}가 섬을 나가기 위해 꽤나 고생해야 했던 장면이 있었다. 이 때문에 참가자 역시 섬을 나가기 어렵다는 인식이 생길 수는 있으나, 참가자들은 이미 철저한 통제 하에 관리되고 있었다. 심지어 관리자들은 모두 즉결처분이 가능한 살상 무기를 들고 있었기에, 단순히 참가자들의 이탈을 막기 위해서라면 전기가 흐르는 장벽으로도 충분했을 것이다.

그러나 오징어 게임의 진정한 대상 참여자는 VIP들이다. 그들은 돈을 내고 중계권을 샀을 뿐만 아니라, 기꺼이 몸을 움직여 현장에서 게임을 직관하고자 했다. 그들이 다른 중계권 고객과 다른 점은 추가금을 내고 게임을 직관하는 '경험'까지 구매했다는 것이다. 게임의 주최 측, 즉 경험 제공자들은 이들을 위해 최상의 경험을 기획할 필요가 있었다. VIP들이 오징어 게임에서 얻어갈 경험은 무엇이 있을까?

가구화된 인체, 익명을 보호하기 위한 호화로운 가면, 준비된 음식과 술 등이 쉽게 떠오를 것이다. 이것들은 모두 섬을 도착한 후의 이야기다. 1차적으로 눈에 보이는 것들은 섬에 도착한 후 제공받는 서비스에 가깝다. VIP들이 구매한 오징어 게임의 경험을 HX 관점에서 보면, 그들의 경험은 섬에 들어가기 위해 헬기를 타면서부터 시작된다.

VIP들은 참가자들과 달리 게임이 섬에서 이루어진다는 사실을 잘 알고 있었다. 그리고 섬에 진입하기 위해 통통배를 타고 뱃멀미를 참아가며 섬에 들어왔을 리 없다. 작중에서 VIP들은 헬기를 타고 섬에 도착했다. 그들은 크루즈를 타든 경비행기를 타든 얼마든지 편하고 호화로운 방법으로 섬에 도착할 수 있다.

그들에게는 섬에 들어오는 것부터 휴가의 시작인 것이다.

물론 그들이 출퇴근을 하는 직장인이 아닐 것이라는 점에서는 휴가라는 표현이 적절치 않을 수 있다. 여기에서는 섬이라는 공간의 속성에 주목할 필요가 있다. 섬은 격리되어 있다. 사방이 바다를 두르고 있으며, 선택받은 자만이 왕래할 수 있다. 섬에 입장하는 경험 자체가 '나는 남들이 누리지 못하는 경험을 누리고 있다'는 인식을 주기 충분하며, '휴양지에 놀러 왔다'는 기분을 줄 수 있는 것이다.

섬에는 값비싼 이동수단을 통해서만 입장이 가능하다. 그리고 이 때문에 아무나 접근할 수 없는 공간이라는 의미를 준다. 이 의미는 VIP에게 일반 고객과 차별화되었다는 느낌을 준다. 이에 더해 섬은 격리된 공간이라는 점에서 휴양지라는 인식을 준다. 위의 감각들은 개최지를 섬으로 함으로써 얻을 수 있는 이점들이다. 그리고 경험기획HX의 관점에서 가장 중요한 점이라고 언급하고 싶은 마지막 이점이 남아있다.

일상에서의 완전한 격리, 비윤리적 행위의 가책 최소화

VIP들에게 양심의 가책이라는 것을 기대할 수 있느냐고 반문할 수 있다. 물론, 그들은 비윤리적 행위에 대해 정서적인 괴로움을 느끼는 단계는 이미 한참 넘어선 것으로 보인다. 그러나 그들은 이 게임이 사법적으로, 사회적으로 지탄받을 행위라는 것을 알고 있다. 비윤리 행위에 대한 정서적 불편감과 별개로, 그들은 '들켜서는 안 된다'는 것을 알고 있고, 드러내고 싶어 하지도 않는다. VIP들은 이것이 일탈임을 인지하고 있다. 그리고 이러한 일탈 행위가 외부와 완전히 격리된 섬에서 이루어진다는 사실은, 그들로 하여금 심리적인 불편감을 최소화해 준다.

이것은 여행지에서 남녀 간의 스캔들이 발생하기 쉬워지는 것, 활동적이지 않은 사람도 클럽이나 축제 현장에서는 아이처럼 즐거워하며 뛰어노는 것, 수련회 캠프파이어 시간에 갑자기 효심과 함께 눈물이 차오르는 것, 흔히 예비군 훈련장에서는 사람이 달라진다는 것과 맥락을 같이한다. 일상적인 공간과의 격리는 심리적인 장벽을 허무는 효과가 있다.

경험의 관점에서 살펴보면 게임의 로케이션이 섬인 이유는 오직 VIP들을 위한 결정이었을 것이다. 참가자들이야 어디로든 운반할 수 있었고, 법망의 감시를 피하기 위해서라면 지하든 산속이든 공간은 얼마든지 마련할 수 있었을 것이다. 게임이 섬에서 진행됨에 따라 주최 측은 물자 이송 비용이 추가될 것이지만, 그 비용 이상의 가치를 VIP에게 줄 수 있다면 남는 장사가 될 수 있다.

오징어 게임은 많은 질문을 던지는 작품이었다. 개인적으로는 극의 장치 하나하나 허투루 쓰이거나 배치된 것이 없다고 느꼈다. 게임의 장소가 섬이었던 것 역시 단순히 영상미 만을 위한 장치는 아니었으리라 생각한다. 그래서 오징어 게임이 남긴 여러 질문 중 하나에 경험의 관점에서 나름의 답안을 작성해 보았다.

VIP가 섬에서 느꼈을 해방감에 공감한다면, 잠시 '나의 섬'은 어디였는지 떠올려 보자. 일상에서 완전히 격리된 그 곳에서, 당신은 어떤 모습이었는가?

02

가장 맛있는 붕어빵,
가장 맛있었던 붕어빵

경험의 기억은
다르게 적힌다

세상에서 가장 맛있는 붕어빵을 떠올려보자. 붕어빵 중의 붕어빵. 겉은 노릇노릇 바삭하고, 속의 팥은 꼬리까지 꽉 차있는 그런 이상적인 붕어빵. 머릿속에 생생하게 그려놓았다면 잠시 옆으로 치워두고, 이번에는 가장 맛있었던 붕어빵을 떠올려보자. 내 인생에서 가장 맛있었던 붕어빵의 기억은 어디쯤에 있을까. 기억을 찾았다면, 좀 전에 떠올렸던 붕어빵과 비교해 보라. 완벽히 일치하는 사람은 아마도 드물 것이다.

가장 맛있었던 붕어빵은 어쩌면 조금 눅눅했을 수도, 새카맣게 탄 부분이 있을 수도 있다. 당신에게 가장 맛있었던 붕어빵은 가장 이상적으로 맛있는 붕어빵이 가질 수 없는 결정적인 한 가지를 더 가지고 있다. 붕어빵을 먹었던 당시의 경험, 다른 말로는 맥락이다.

예쁜 식탁과 그 위 아름다운 접시에 정갈하게 차려진 붕어빵은 어쩐지 어울리지 않는다. 붕어빵은 자고로 목장갑을 낀 어르신이 투박하게 구워, 바스락거리는 흰 종이봉투에 툭툭 던져 넣어주어야 제맛이 난다. 뜨거울 줄 알면서도 급하게 한 입 베어 물고 입안을 식히느라 붕어를 닮은 못생긴 표정을 해야 비로소 붕어빵을 맛있게 먹었다고 할 수 있다. 전자가 붕어빵에 대한 지식이라면, 후자는 붕어빵에 대한 추억이다.

붕어빵에 대한 지식과 추억은 다른 기억이다. 우리가 처음 떠올렸던 가장 완벽한 붕어빵은 일종의 지식이다. 심리학에서는 이러한 기억을 의미 기억semantic memory 이라고 부른다. 붕어빵에 대한 개념적인 기억, 전형적인 인식이다. 그러나 가장 맛있었던 붕어빵에 대한 기억은 일화 기억episodic memory 이라고 부른다. 이것은 경험에 대한 기억이다. 그리고 일화 기억은 맥락 정보를 가진다는 특징이 있다.

경험에 대한 기억은 언제나 당시의 맥락을 포함하게 된다. 맥락은 사건의 앞뒤 정황뿐만 아니라, 붕어빵의 냄새후각, 붕어빵

트럭을 만났을 당시의 감정, 붕어빵의 온도, 눅눅함 등 감각정보가 포함된 종합적인 기억의 집합체이다.

재미있는 점은 가장 맛있는 붕어빵에 대한 기준과, 나에게 가장 맛있었던 붕어빵이 다를 수 있다는 점이다. 가장 맛있었던 붕어빵에 대한 기억은 사실 이상적인 붕어빵의 기준과는 관련이 약하다. 가장 맛있게 먹었던 붕어빵을 떠올릴 때 붕어빵의 굽기, 온도, 팥의 당도를 떠올리는 사람은 거의 없다. 중요한 점은 음식으로써의 붕어빵에 대한 평가가 아니라 붕어빵을 먹었던 기억에 대해 가지는 정서이기 때문이다.

음식으로써 가장 완벽했던 붕어빵을 기억하는 사람은 거의 없다. 그러나 나를 가장 행복하게 했던 붕어빵에 대한 기억은 누구나 하나쯤 가지고 있다. 그리고 완벽하게 조리된 붕어빵에 대한 기억보다 행복한 추억이 담긴 붕어빵에 대한 기억이 훨씬 더 소중하다. 이것이 인간 중심의 경험기획, HX가 필요한 이유다. 우리의 생활, 우리의 소비는 의미 기억으로 이루어지지 않는다. 우리는 경험을 소비하고, 경험을 기억한다. 경험은 맥락과 정서를 동반하기 때문이다. 그리고 맥락과 정서를 동반하는 기억은 그렇지 않은 기억보다 뇌리에 깊게 박히고, 더 쉽게 떠오른다.

브랜드가 소비자의 경험에 관심을 갖는 이유가 여기에 있다. 브랜드에 대한 기억을 의미 기억이 아닌 일화 기억으로 만들고 싶은 것이다. 소비자와 의미 기억이 아닌 일화 기억으로 얽힌 브랜드는 소비자와 관계를 맺게 된다. 어떤 브랜드를 떠올릴 때 '노릇노릇 바삭바삭한 것'이 아닌, '따뜻하고 행복했던 기억정서'을 떠올리게 한다면, 이보다 완벽한 브랜딩은 없을 것이다. 그것을 가능케 하기 위해서는 인간 경험에 대한 관점을 충분히 고려해야만 한다.

애플워치 시리즈7의 광고는 제품의 이미지나 스펙에 대한 설명이 단 한순간도 등장하지 않는다. 대신 애플워치를 착용한 소비자가 위기에 처한 상황만을 보여준다. 주인공은 애플워치 덕분에 위기에서 무사히 구조될 수 있었다. 광고의 자막은 담담하게 그 사실을 전달한다. '위기상황에 처한 어떤 사람. 그 사람의 손목에는 애플워치가 있었고, 그 덕에 무사히 돌아올 수 있었다'라고. 애플의 광고는 언제나 사용자가 애플과 함께 했을 때 가능해지는 경험에 초점을 맞춘다. 그리고 그것은 오히려 더욱 강력한 브랜딩을 가능케 한다. 심지어 제품이 영상에 등장하지 않아도 상관없다. 애플은 제품이 아니라 경험을 팔기 때문이다.

대기업의 붕어빵 과자는 아무리 부드럽고 촉촉해도, 아무리 포장이 깔끔하고 예뻐도 '가장 맛있었던 붕어빵'이 될 수는 없다. HX의 관점에서는 붕어빵 트럭의 붕어빵만큼이나 강력한 브랜드가 없다. 붕어빵에 대한 지식과 추억 중 한 가지를 포기해야 한다면 무엇을 버리겠는가?

03
어머니와 나는
다른 지구에 살고 있다

각각의 경험은
완전히 다른 세계를 구축한다

"과거는 낯선 나라다. 그곳에서는 사람들이 다르게 산다."

- L.P. 하틀리 L.P. Hartley

어머니와 나의 스무 살은 달랐다. 어머니는 상고를 졸업해 바로 일을 시작하셨다. 삼 남매 중 첫째로 두 남동생은 모두 대학에 갔다. 나는 인문계 고등학교를 졸업하여 대학에 진학했다. 형제가 없었기에 등록금도 생활비도 나 하나만 해결하면 되는 문제였다. 80년대에 사회 초년생이 된 스무 살의 어머니와, 2010년대에 대학생 새내기가 된 나의 스무 살. 각자가 경험한 세상은 다른 세상이라고 봐도 무방할 만큼 다를 것이다.

지금은 어떨까? 어머니와 나는 같은 2022년을 살고 있다. 나의 세상은 부동산, 재테크, 메타버스, NFT, 프리 워커, 크리에이터 등으로 채워져 있다. 어머니의 세상에는 쿠팡 체험단, 봄나물, 제철과일, 단풍, 잘 나가던 연예인 A씨의 이혼 뉴스, 멀쩡한 회사를 때려치우고 대학원에 간 철없는 아들 등이 있을 것이다. 어머니와 나는 여전히 다른 세상에 살고 있다. 같은 시간을 지나고 있지만, 우리는 같은 세상에 살아본 적이 없다.

우리는 종종 '시간은 연속된 것이며, 모두가 같은 속도의 흐름 속에 살고 있다'라고 착각한다. 그러나 그것은 개인에 한정했을 때에만 맞는 이야기다. 어머니의 2010년은 나의 2010년과 다른 곳이었다. 나의 5년 전과 어머니의 5년 전은 같은 2017년이겠지만 명백히 다른 세상이다. 우리는 저마다의 시간 속에 저마다의 세상을 살아간다.

11세기 어느 프랑스 농부가 잠이 들어 5백 년 후 깨어난다고 해보자. 그는 콜럼버스가 이끄는 산타마리아 호의 선원들이 내는 시끄러운 소리 때문에 잠에서 깼다. 그렇지만 그가 깨어난 세상은 매우 친숙해 보일 것이다.

하지만 만일 콜럼버스의 선원 중 한 명이 같은 방식으로 잠에

빠졌다가, 21세기 아이폰 벨소리에 잠을 깬다면 아마도 이렇게 자문할 것이다.

"여기는 천국인가, 아니면 지옥인가?"

–유발 하라리Yuval Noah Harari, 《사피엔스Sapiens》

시대의 변화는 점차 가속되고 있다. 11세기 프랑스 농부는 500년 뒤에 깨어났어도 거진 비슷한 세상을 살았을 수 있지만, 산타마리아 호의 선원이 500년 뒤에 깨어난다면 다른 지구에 와있는 느낌일 것이다. 어머니와 나는 약 30년의 텀을 가지고 이곳에 태어났지만, 산타마리아 선원의 500년만큼이나 다른 세상을 살고 있다. 어머니의 세상에서 SNS 메신저는 비교적 최근의 이야기다. 나의 세상에서는 문자보다 SNS 메신저가 익숙하다.

이 글을 읽고 있는 당신과 나는 어떤가? 설령 같은 해에 태어났더라도, 우리가 사는 세계는 다르다. 2022년 4월 11일, 봄바람이 부는 날 나는 강릉 앞바다를 보며 이 글을 쓰고 있지만 당신은 그날 다른 곳에서 다른 것을 보고 있었을 것이다. 나와 성별이 다르다면 우리가 사는 세계는 더욱 다를 것이고, 부모님의 재력에 따라서도 다를 수 있다. 우리는 각기 저마다의 세계를 살아가고 있다.

　우리가 서로를 완벽히 이해할 수 없는 이유는 여기에 있다. 불과 300년 전의 사람들은 사람이 범죄를 저지르는 것은 악령이 씌었기 때문이라고 여겼다. 그래서 사람을 불에 태우거나 물에 던지는 것으로 악령을 쫓아내야 한다고 생각했다. 현대의 사람들은 범죄자가 '내 안에 악마가 있다.' 따위의 발언을 하면 맹렬한 비난을 쏟아낸다. 지금의 우리는 300년 전의 사람들이 멍청하거나, 말도 안 된다고 생각할 수 있지만 그때에는 그것이 상식이었다. 그때와 지금은 연속선상에 있는 세상이라기보다, 다른 세상이라고 여기는 것이 나을지도 모른다.

　어머니와 나는 약 30년의 공백을 갖고 태어났지만 일생 대부분을 함께 보냈다. 그럼에도 어머니와 내가 사는 지구는 다르다. 오히려 어떤 면에서는, 한 순간도 삶이 겹친 적이 없지만 1년 터울로 태어난 당신과 나의 세계가 유사할지도 모르는 일이다. 물론 나와 같은 해에 태어나고 20년을 함께 보낸 친구와 나의 세상 역시 다르다.

　어머니는 나의 세계를, 나는 어머니의 세계를 경험할 수 없다. 그저 짐작만 할 뿐이다. 그것은 당신과 나도, 20년을 함께 보낸 나의 친구와도 마찬가지다. 서로를 완벽히 이해할 수 없는 것은 어찌 보면 당연한 일이다. 이해할 수 있을 것만 같은 느낌은 애정에 기반한 너그러운 포용심을 이해심으로 착각한 것일 수 있다.

우리는 갈등과 혐오로 병든 사람이 넘쳐나는 시대에 살고 있다. 서로는 서로를 이해하지 못한 채 비방하고 몰아세운다. 서로가 너무나도 다른 사회를 살고 있게 된 것 같지만, 그건 이전에도 마찬가지였다. 우린 원래도 서로 다른 세상에 살았다. 결국 진짜 문제는 서로 너무 다른 세상을 사는 것이 아니라, 서로가 사는 세상이 다르다는 것을 잊은 것이 문제다.

오늘도 어머니는 나에게 이해할 수 없는 말씀을 하신다. 때로는 속도 모르고 하시는 말씀이 섭섭하게 들릴 때도 있다. 그러나 어머니의 세상에서는 그럴 수 있겠지 싶다. 나와 다른 세상을 산다고 해서 모든 사람이 이해되고 용서되는 것은 아니지만, 어머니의 세상을 조금 들여다본다면 충분히 애정으로 여길 만하다.

경험한 삶이 다른 사람과의 간극을 좁히는 것은 논리적인 설명으로 하는 것이 아니다. 그저 내 세상에서 좋은 것을 전해 주며, '이런 세상도 있다'라고 넌지시 알릴뿐이다.

비비빅만 좋아하던 어머니에게 넌지시 건네는 아이스크림 '엄마는 외계인'처럼.

04

우울해 죽겠는데
방 청소를 하라고?

공간 경험으로
자신을 돌보는 법

우울에 대한 단골 처방이 몇 가지 있다. 밤에 자고 아침에 일
어나기, 몸을 움직이기 위해 나가서 걷기, 감사일기, 그리고 방
청소. 보통 우울감에 잡아먹히면 하루종일 절망하고 슬퍼할 것
이라 생각하지만, 실상은 그렇지 않다. 우울이 심해지면 사람은
무감각해진다. 즐겁지도 슬프지도 기쁘지도 화나지도 않는다.
동시에 무력해진다.

극심한 우울증을 앓는 사람들은 하루종일 방에 누워 움직이
지 않는다. 배고픔도 잊고 밥조차 먹고 싶지 않은 우울에 빠져
있는 사람에게 방 청소라니, 선뜻 이해되지 않을 수 있다. 세계

적인 인기를 얻은 책《타이탄의 도구들Tools of Titans》[05]에도 이와 비슷한 이야기가 등장한다. 세상에서 가장 성공한 사람들은 아침마다 이불 정리를 한다는 것이다. 이불 정리, 방 청소가 대체 무엇이기에 세계적으로 성공한 거인들도, 정신과 의사도, 상담사도 이토록 강조하는 것일까? 무슨 대단한 비밀이라도 있는 걸까?

아침에 일어나 이불 정리를 하면 작은 성취감으로 하루를 시작할 수 있다. 방 청소도 마찬가지다. 깨끗하게 정리된 공간을 보면 작지만 내심 뿌듯한 기분을 느낄 수 있다. 그리고 자기관리를 잘하는, 스스로를 아끼는 조금 괜찮은 사람이 된 것 같은 기분도 느낄 수 있다. 이것을 심리학에서는 자기효능감이라고 부른다. 자기효능감은 '자신이 어떤 일을 성공적으로 수행할 수 있다고 믿는 기대와 신념'이다. 이것은 긍정적인 자아상을 형성하는데 아주 중요한 역할을 한다. 동시에 무기력감와 우울감을 가장 효과적으로 극복하는 힘이기도 하다.

---

05 세상에서 가장 성공한 사람들, 가장 지혜로운 사람들, 가장 건강한 사람들이 가진 통찰과, 그들이 삶을 대하는 태도를 엮은 책. 기업가이자 투자가이자 작가이기도 한 팀 페리스의 저서.

우리나라의 20대 초반 청년들이 군에 입대하여 가장 많이 느끼는 감정은 무력감이다. 지금까지 경험한 사회와 달리, 군대에서는 자신의 개성이 지워지고 전체의 일부로써 존재하게 되기 때문이다. 군에서는 개성보다 조직을 앞세운다. 개인은 전체를 위해 자신의 불편을 조금씩 감수하고 협동해야 한다. 이것을 처음 경험하는 개인은 자신의 존재가치가 하락한다고 여기기 쉽다. 이것은 무력감이 되고, 대로는 우울감까지 불러일으키기도 한다.

그래서 훈련병 시절의 훈련과정에는 작은 성취감을 느낄 수 있는 미션이 많이 부여된다. 속옷 정리와 수건 정리에 일련의 규칙을 부여하여 매일 검사하고 상점을 부여한다. 훈련기간 동안 사용할 이름표는 직접 자신의 전투복에 바느질하도록 한다. 모두 작은 성취감을 주기 위한 과제다. 방 청소도 이러한 유형의 과제와 같은 기능을 한다.

그러나 성취감과 자기효능감은 일시적인 감정이 되기 쉽다. 따라서 한 번 느끼는 것으로는 충분치 않고, 계속해서 주기적으로 경험하도록 하는 것이 중요하다. 방 청소가 강력한 이유는 여기에 있다. 공간을 정리하는 것에는 이름표를 바느질하는 것보다, 일회성 미션을 달성하는 것보다 강력하고 지속적인 효과가 숨어있다. 정리된 공간을 계속해서 사용하게 되는 본인의 경험, 즉 공간 경험이다.

보기 좋게 정돈된 공간을 가장 많이 사용하고 가장 많이 보게 되는 사람은 공간을 정리한 뒤 그곳에 머무는 자기 자신이다. 당신은 당신이 사용하는 이불과 방을 매일 눈으로 볼 수밖에 없다. 그리고 깨끗하게 정리, 정돈된 공간은 그 공간을 사용하는 사람에게 대접받는 느낌을 선사한다. 공간을 소중하게 가꾸는 것은 그 공간 속에 존재하고 있는 스스로를 가꾸는 일과 같다. 실제로 우울에 빠진 사람은 자기 자신을 방치하기 시작하면서 자신이 머무는 공간을 관리하지 않기 시작한다.

자신에 대한 방치를 가장 빠르게 확인할 수 있는 단서는 아무렇게나 어질러진 방이다. 쓰레기집이라고 불리는 공간을 들어본 적이 있는가? 쓰레기집이란 도저히 혼자서는 청소할 수 없을 만큼 쓰레기가 산더미처럼 쌓인 방을 말한다. 그런 곳은 업체를 불러서 청소해야만 말끔하게 청소가 끝난다. 쓰레기집의 주인공은 대부분 우울에 빠져 자신을 놓아버린 사람이 머무는 공간이다.

그렇기 때문에 우울에 빠진 사람에게 방을 정리하라고 하는 것이다. 방 청소는 자신에게 가장 빈번하게 일어나는 공간 경험을 긍정적인 경험으로 바꾸는 효과가 있다. 그리고 공간이 깔끔하게 유지되는 동안 계속해서 긍정적인 공간 경험이 쌓이게 된다. 자신이 가장 오래 생활하는, 가장 편하게 쉴 수 있는 공간에서 계속해서 긍정적인 경험이 누적되면 자연스럽게 긍정적인 정서도 함께 누적된다. 정돈된 공간에서 경험되는 하루는 그렇지 않은 공간에서의 하루와 질적으로 다른 경험이 되는 것이다.

공간 경험이 강력할 수 있는 이유는 바로 이 '긍정적 정서의 누적'에 있다. 긍정적인 정서를 경험하는 방식은 아주 강력하지만 짧게 느끼는 방식, 그리고 소소하지만 꾸준하게 지속되는 방식, 크게 두 가지로 나눌 수 있다. 코트 주머니에서 발견한 잊고 있던 지폐, 에어팟 이벤트 당첨 등 우연히 만난 행운은 커다란 기쁨을 한 순간에 느낄 수 있게 해준다. 이것은 강력하지만, 일시적이다. 가끔 만나게 되는 이러한 행운들은 분명 좋은 일이지만, 여기에 의존하게 되면 나머지 순간이 상대적으로 시시하게 느껴질 위험도 존재한다.

행복의 감정 그래프가 상승하고 난 뒤에는 다시 평균적인 수준으로 돌아오면서 그만큼 하락하는 순간이 오기 때문이다. 상승폭이 클수록 하락하는 순간을 견디기 어렵다. 그렇게 순간의 쾌락에 집착하기 시작하면 중독이 시작된다. 복권 1등 당첨자들의 삶을 행복하게 유지하기 어려운 이유도, 일부 사람들이 도박에 중독되는 이유도 여기에 있다. 감당할 수 없는 일회성 행복감은 마치 끝없는 쾌락과 같이 삶을 피폐하게 만들기도 한다.

안정적으로 오래 지속되는 행복을 느끼기 위해서는 소소하지만 꾸준한 기쁨으로 삶을 채우는 것이 유리하다. 소확행^{소소하지만 확실한 행복}은 이러한 깨달음에서 출발한다. 행복은 고군분투하여 마침내 성취하고 끝나는 미션이 아니다. 한 순간의 강렬한 기쁨도 아니다. 계속해서 불행하지 않는 것. 그리고 그것을 행복이라고 여기기 시작하면 생각보다 쉽게 행복해질 수 있다.

감사일기도 이러한 원리로 마음을 치유한다. 매일 매일 오늘 감사할 것을 떠올리다 보면 매일을 소소한 기쁨으로 채울 수 있다. 그리고 또 다른 강력한 무기로 방 청소가 있다. 자신이 매일 경험하는 공간을 자신이 마음에 드는 모습으로 유지하는 것. 이것은 가장 빠르게 우울을 탈출하는 것을 넘어, 지속적인 행복감을 느낄 수 있게 해준다.

반대로 어지럽고 더러운 공간에 머무르는 것은 계속해서 부정적인 정서를 누적시킨다. 자신이 소중하지 않은 사람이라는 느낌을 받고, 이러한 느낌을 받으면 점점 더 공간을 관리하지 않게 된다. 우울의 악순환은 그렇게 시작된다.

당신은 당신 스스로를 얼마나 챙겨주고 있는가? 당신 눈앞의 공간은 지금 어떻게 관리되고 있는가? 잠시 눈을 들어 책 너머의 공간을 한 바퀴 둘러 보자. 이 공간이 마음에 들고 그 공간에 있는 자신이 마음에 든다면 당신은 행복한 사람이다. 혹시 눈에 들어오는 공간이 '스윗 홈'이 아니라 '집구석'으로 느껴지는가? 그렇다면 '나는 왜 이럴까' 생각하기 전에 몸을 먼저 움직여 공간을 정돈해 보자. 묵은 먼지를 싹 털어내고 개운하게 샤워를 마친 뒤 깨끗해진 방을 다시 한 번 둘러본다면, 자연스레 미소가 지어질 것이다.

05
술 맛이 좋았던
그 시절 술집

무서울 것이 없었던 20대 초반 그 시절, 당신의 단골 술집을 기억하는가? 틈만 나면 친구들을 소집했던, 누군가를 축하하기도, 같이 슬퍼하기도 했던 그 술집. 누구나 하나쯤 가지고 있는 추억의 그 술집. 그 술집에서도 유독 술맛이 참 좋았던 날이 있다. 제 아무리 대단한 맛집, 제 아무리 비싼 술을 마셔도 그 당시의 술맛에 비하면 무언가 하나 부족하게 느껴진다. 당시 생산된 소주와 지금 생산된 소주의 맛은 크게 다르지 않을 것임에도.

술집마다 술맛이 다른 것은 함께한 사람이 다르기 때문이다. 그리고 그날의 이야깃거리가 다르기 때문이다. 기분이 달라서,

날씨가 달라서, 안주가 달라서. 입으로 들어간 것은 같은 술이지만 그날의 경험은 다양한 이유로 다를 것이다. 좋았던 술자리들을 몇 개 떠올려보자. 모든 기억이 같은 안주를 먹고 있는가? 모든 기억이 같은 사람과 함께 했는가? 아마도 아닐 것이다. 좋았던 술자리의 기억, 좋았던 술자리 경험의 이유는 외부에 있지 않기 때문이다. 그것은 순전히 당신에게 달려 있었다.

좋은 경험디자인은 고객을 참여자로 만든다. 단순히 만들어진 경험_{서비스, 상품, 무엇이든}을 일방적으로 받아들이는 입장을 참여자라고 부를 수는 없다. 참여자는 기꺼이 그 경험에 뛰어들어 주체적으로 경험을 완성해나간다. 술자리에서 제공받는 것은 시원한 소주, 잘 차려진 안주. 거기까지다. 사장님은 당신 테이블의 화젯거리를 주도하거나, 잔을 부딪쳐야 하는 타이밍을 알려주지 않는다. 술자리는 그것을 단순히 제공받는 데서 그치지 않는다. 술상이 차려진 이후의 경험은 술상에 둘러앉은 모두가 참여자가 되어 함께 만들어간다.

물론, 사장님들은 자신의 가게에서 최적의 경험을 하고 돌아갈 수 있도록 최선을 다한다. 잔을 얼려두어서 관자놀이까지 짜릿한 맥주를 제공하거나, 가격 대비 기가 막히는 크기의 계란말이를 내어주기도 한다. 화장실을 깨끗이 유지하거나, 때로는 이벤트를 열기도 한다. 그런 요소들은 당신의 술자리 경험을 좋게 만들어줄 여지가 있다. 그러나 제 아무리 좋은 서비스를 받았다고 해도 연인에게 이별을 고하는 술자리였다면 당시의 경험은 처참하게 기억되고 만다.

좋은 경험의 완성은 참여자가 스스로 만들어간다. 아무리 잘 기획된 경험이더라도, 참여자의 영향을 고려하지 않으면 온전히 전달되기 어렵다. 주점 사장님들은 자신의 가게에서 제공하고자 하는 경험의 결에 따라 가게를 조용하고 어둡게 유지하기도, 소란스럽고 활기 넘치는 음악을 틀기도 한다. 가게에 오는 손님을 기꺼이 참여자로 맞이하고 좋은 경험을 만들어가기를 유도하는 것이다. 생소한 메뉴를 파는 맛집은 그 메뉴를 가장 맛있게 먹는 법을 손님에게 알려준다. 그러나 아무리 잘 차려진 메뉴라도 제 입맛에 맞지 않으면 그만이다. 기획자의 역할은 거기까지다. 유도하는 것. 기획자가 아무리 좋은 판을 깔아놓더라도 참여자에 따라 어떻게 완성될지는 알 수 없다.

술맛이 좋았던 그곳의 경험은 당신이 참여자가 되어 스스로 완성시켰다. 어쩌면 당시에 마주 앉은 그 사람이 완성시켰을지도 모를 일이다. 술맛이 좋았던 그 집의 술맛은 주류회사도, 사장님도 아닌 당신 본인이기에 완성할 수 있었다. 따라서, 당신의 인생 술집은 아직 결정되지 않았다고 할 수 있다. 삶에서 가장 맛있었던 술 한 잔은 내일이 될 수도, 어쩌면 오늘 일 수도, 지금 냉장고에 있는 맥주 한 캔이 될 수도 있다. 그것은 다른 대단한 무언가가 아니라, 그저 당신의 마음먹기에 달렸기 때문이다.

06
시대가 빠르게 변할 때 필요한 역량

경험에 대한 개방성이 당신을 살아남게 한다

n차 산업혁명을 나누는 것이 무의미할 정도로 시대가 빠르게 변하고 있다. 가전기기마다 인터넷 통신을 할 수 있도록 하겠다는 사물인터넷IoT도 벌써 낡은 단어가 되었다. 이제는 인터넷을 넘어 인공지능이 탑재된 세탁기가 판매되고 있다. 인공지능은 더 이상 먼 미래의 기술이 아니다. 3D 프린터로 사람의 장기를 인쇄할 수 있다는 기사는 벌써 1년 전의 이야기다.

메타버스Metaverse 속에 만들어진 제2의 서울 땅이 가상 부동산 플랫폼에서 완판되기도 했다. 아직 NFT Non-Fungible Token 대체 불가 토큰를 제대로 이해하지도 못한 것 같은데, 어딘가에서는 인기 예능프로그램의 한 장면을 캡처한 일명 '무야호 짤'이 950만 원에 팔렸다는 소식이 들려온다. 기술은 이렇게나 빠르게 발전하고 있다.

2021년, 대한민국 최고의 뜨거운 감자는 부동산이었다. 벼락거지라는 신조어도 탄생했다. 덕분에 많은 사람들의 머릿속에는 불안이 자리 잡았다.

"가만히 있으면 뒤처진다."

미국의 세계 최대 NFT 거래소에서 2022년 거래된 대체 불가 토큰NFT은 2022년 1월 16일 기준 4조 1천억 원을 넘었다고 한다. 16일 동안 4조가 넘는 거래액이 움직였다. 이 중 당신이 참여한 경제규모는 얼마나 되는가? 누군가는 그곳에서 수억 원의 수입을 발생시켰을 것이다. 시대는 천천히 변화한다고, 가만히 있어도 많이 뒤처지지 않는다고 자신 있게 주장할 수 있는가? 시대는 전례 없이 빠르게 변화하고 있고, 그에 따라 부의 양극화도 빠르게 진행되고 있다. 이러한 시대에 우리는 어떻게 대처해야 할까?

시대의 변화와 함께, 그 당시 사회에서 요구되는 역량의 유형도 달라진다. 수렵과 채집을 하던 시절 가장 각광받는 역량은 동체시력, 튼튼한 다리, 강한 악력 등의 물리적인 힘, 무력이었다. 플로피 디스켓을 사용하던 시절에는 일러스트레이터와 같은 디자인 툴 프로그램을 다룰 수 있는 사람이 많지 않았다. 당시에는 영상 편집은커녕 디자인 툴을 다룰 줄 아는 것만 해도 고급인력이 될 수 있었다. 허나 지금은 이야기가 다르다. HTML[06]을 전혀 모르는 사람도 유튜브를 보고 그대로 따라 하기만 하면 일주일 만에 홈페이지를 만들 수 있다. 기술이 역량이 되는 시대는 지난 것이다.

불과 얼마 전까지 가장 각광받던 역량은 창의성이었다. 교육의 수준은 이미 전반적으로 향상되었고, 정보는 여기저기 넘쳐났기 때문이다. '누가 더 고급 정보를 쥐고 있는가'보다, '같은 정보로 누가 더 나은 결과물을 낼 수 있는가'가 중요했다. 나아가, 독창적이고 혁신적인 결과물을 낼 수 있는 사람이 필요했다. 이에 따라 모든 교육에는 창의력이라는 단어가 붙었고, 창의성이라는 키워드 하에 많은 연구가 이루어졌다.

심리학에서는 창의성을 '분야가 다른 영역의 지식을 활용할

06 홈페이지 작성에 쓰이는 명령어의 일종.

수 있는 능력'으로 정의한다. 알파고는 바둑을 배우면 바둑만 둘 수 있지만 장그래처럼 사회생활은 불가능하다. 그러나 인간 인 장그래는 바둑을 배운 지식으로 직장생활을 헤쳐 나갈 수 있 다. 창의성을 발휘할 수 있기 때문이다. 그래서 창의성은 인간의 고유영역으로 여겨졌다. 그러나 이제는 인공지능이 소설을 쓴 다. 딥러닝을 통해 스스로 학습한다. 그러자 어느새 창의인재라 는 단어를 찾아보기 어려워졌다. 다음 세대 역량으로는 무엇이 각광받게 될까?

경험에 대한 개방성

시대는 점점 더 빠르게 변화할 것이다. 변화하는 시대에 맞춰 공부하고, 역량을 키우고, 모든 준비를 마친 뒤 뛰어들기까지는 많은 시간이 걸린다. 기술은 그것을 기다려주지 않는다. 결국, 빠르게 받아들이고 빠르게 적응하는 사람이 가장 빨리 배울 수 있다. 똑같이 1년이라는 시간 동안, 누군가는 공부에 몰두하고 누군가는 실행에 몰두한다고 가정해 보자. 1년 뒤 그들은 같은 선상에 서있을 수 있을까? 분야에 따라 다소 차이는 있을 수 있 지만, 시행착오를 겪지 않거나 머리로만 익힌 사람은 몸으로 직접 시행착오를 겪은 사람보다 넘어야 할 산이 많을 것이다.

경험에 대한 개방성은 경험의 빠른 수용으로 이어진다. 먼저 겪어본 자가 될 수 있도록 해주는 것이다. 더욱이, 현대는 '경험 경제의 시대'라고도 불린다. 경험은 상품이 되었고, 동시에 모든 상품은 경험이 되었다. 사람들은 더 나은 경험을 위해 기꺼이 더 많은 돈을 지불한다. 카페는 더 이상 커피만을 파는 공간이 아니게 되었고, 쇼핑몰은 쇼핑만 할 수 있어서는 살아남을 수 없게 되었다. 누군가에게 무엇을 제공하는 생산자가 되기 위해서는 인간의 경험에 대해 반드시 알아야 한다. 그리고 더 빠르게, 더 많은 경험을 해본 사람이 더 나은 경험을 설계할 수 있다.

이 외에도 경험의 중요성을 강조하는 목소리는 어디에서나 들을 수 있다. 진로 및 자기 계발 분야에서는 더 많이 경험할수록 자신에 대한 데이터를 축적할 수 있다고 말한다. 나에 대해 아는 것은 내가 무엇을 할 때 행복한지 아는 것이며, 이것이 직업과 일을 선택할 때 가장 중요한 요소라는 것이다.

사실 경험에 대한 개방성은 역량이라기보다 성향에 가깝다. 혹은 새로운 것을 대하는 태도라고도 할 수 있다. 그러나 이 태도가 중요한 것은, 결국 경험에 대한 개방성이 실행력으로 이어지기 때문이다. 경험에 대해 개방적인 태도는 경험을 더 많이 수용하기만 하는 데서 그치지 않는다. 자신이 능동적으로 경험해 보기를 택하는 도전으로 이어진다. 경험에 대한 개방성이 높은 사람은 더 쉽게, 더 많이 도전한다.

물론 그만큼 실패도 더 많이 할 것이다. 그러나 그 실패만큼 성장한다. 이것은 별개의 이야기가 아니다. 경험에 대한 개방성이 높은 사람은 실패를 두려워하지 않게 된다. 그리고 실패를 두려워하지 않는 태도는 다시 경험에 대한 개방성을 높여준다. 이러한 선순환 구조를 우리는 잠재력이라고도 부를 수 있다.

기술은 벌써 우리 삶의 많은 영역을 대신하고 있다. 언젠가 기계가 인간의 모든 일을 대신하게 되면, 우리는 무엇을 하면서 살 것인가 하는 논쟁을 자주 접하게 된다. 재미있게도 기술이 극도로 발달한 사회는 디스토피아로 그려지는 경우가 많다. 인간이 더 이상 생존을 위해 일을 할 필요가 없다면 우리는 정말 두 평 남짓한 방에 누워서 VR 기기를 쓰고 생존을 위한 섭취와 배설만 하며 살게 될까? 가상현실이 완벽해진다고 해서 우리가 벙커에 처박힐 이유는 없다. 그때는 또다시 그 당시 상황과 문화에 맞는 사회가 형성될 것이다.

그러나 그렇게 변화한 사회에서 역시, 그것을 가장 빠르게 받아들이고 소화해낸 사람은 그렇지 못한 사람보다 유리한 위치에 있을 것이다. 적자생존이라는 말이 그것을 증명한다. 어느 시대에서나 환경에 가장 잘 적응하는 개체가 가장 오래 살아남을 수 있었다. 그러니 우리도 가장 잘 적응하기 위해서는 가장 잘 받아들일 수 있어야 한다.

당신은 경험을 받아들일 준비가 되어 있는가?

07
부장님은 왜 재택근무를
싫어할까?

비대면 환경에서도 함께 있는 것처럼
일하기 위해 필요한 것들

재택근무는 더 이상 프리랜서들만의 일이 아니다. 코로나 바이러스로 인한 사회적 거리두기는 이제 끝이 보이지만, 코로나가 바꿔 놓은 일의 방식은 여전히 답을 찾는 중으로 보인다. 특히 리모트 워크Remote Work[07] , 워케이션workcation [08] , 디지털노마

---

07 원격근무와 재택근무를 통칭하는 용어로 회사의 지정된 자리에서 일하는 것에서 벗어나 장소에 구애받지 않고 일하는 근무 방식을 말한다.

08 일work과 휴식vacation의 합성어로 휴양지나 관광지 같은 곳에서 원격으로 일을 하는 것을 말한다.

드Digital Nomad[09] 등 비대면 일자리에 대한 관심이 눈에 띄게 늘어났다.

비대면 근무의 가장 첫 번째 과제는 생산성이었다. 우리는 출근을 하지 않고도 출근할 때와 같이 일을 할 수 있을까? 사무실에 모여 일을 하지 않으면 기존의 아웃풋을 내기 어렵지 않을까? 이 문제를 해결하기 위해 수많은 협업 툴과 업무 프로세스의 발전이 있었고, 그 결과는 나름 성공적이었다. 오히려 비대면 환경에서 오프라인 사무실 공간의 유지비를 아끼면서 생산성을 극대화하는 기업도 나타나기 시작했다.

그럼에도 불구하고, 사회적 거리두기가 끝나기 무섭게 직원들을 사무실로 불러 모으는 회사들이 많다. 비대면 근무의 두 번째 과제를 해결하지 못했기 때문이다. 비대면 업무환경이 제대로 완성되기 위해서는 이 두 번째 과제를 해결해야만 한다. 비대면 근무의 두 번째 과제, 생산성보다 근본적인 문제는 바로 조직문화다.

09 한 곳에 정착하지 않고 여러 곳을 다니면서 온라인으로 일하는 것.

비대면 환경에서는 사회적인 감각이
형성되기 어렵다

우리는 만나지 않고도 기존의 조직문화를 유지할 수 있을까? 유대감, 소속감, 연대감과 같은 사회적인 감각들은 조직문화를 구성하는 가장 핵심적인 요소다. 그러나 비대면 환경에서는 이런 감각들을 느끼기가 어렵다. 대면 환경에서 자연스럽게 발생하는 상호작용이 없기 때문이다. 재택근무 중에는 동료와 함께하는 티타임도, 주말을 어떻게 보냈는지 묻는 사적인 질문도, 회사 근처 맛집에서 함께하는 점심시간도 없다.

교류를 강제하는 것으로는 사회적인 감각이 형성되지 않는다. 직원들을 회사로 불러 회식자리에 앉히는 것으로 갑자기 유대감이 솟아날 리 없는 것처럼. 비대면 회식도 자발적이지 않다면 사정은 마찬가지다. 비대면 환경과 사회적인 감각은 상관관계가 크지만, 사회적인 감각을 위해서 반드시 대면 환경이 필요한 것은 아니다. 잘 생각해 보면 비대면 환경에서도 강력한 유대감을 느끼는 상황도 있기 때문이다.

어떻게 해야 비대면 환경에서 효과적으로 유대감을 형성할 수 있을까? 심리적 안전감이나 여타 어려운 이야기들보다 쉽게 접근해 볼 수 있는 예시가 있다. 일면식도 없는 사람과 강력한 유대감, 연대감, 조직력을 갖는 경우. 게임과 덕질이다.

소환사 협곡에는 공통의 목표와
협업의 경험이 있다

우리는 게임 속에서 종종 동지애를 경험한다. 그것은 일면식도 없는 남이라는 것이 무색할 만큼 강력한 사회적인 감각이다. 게임에는 공통의 목표와 그것을 이루기 위한 협업의 경험이 있다. 보스를 사냥해야 하는 레이드 형태의 게임이든, 상대의 진영을 하나씩 함락시켜야 하는롤과 같은 AOS 게임이든, 팀을 이룬 게이머들은 어떠한 목표를 동시에 추구한다. 그리고 그것을 이루기 위해서는 반드시 서로가 상호 보완하며 힘을 합쳐야만 한다. 이러한 과정은 비대면 환경에서도 효과적으로 사회적인 감각을 느끼게 해준다.

회사라는 조직을 생각해 보자. 우리는 공통의 목표를 추구하고 있을까? 그럴 수도 있고, 아닐 수도 있다. 조직의 목표와 비전이 뚜렷하고 강력하게 제시된다면, 그리고 구성원들이 그것에 동의한다면 구성원들이 모두 함께 그 목표를 바라볼 수 있다. 장기적인 비전이든, 한 문장으로 정의된 아하 모멘트A-ha

Moment [10]이든, 내 옆에 있는 사람을 '동료'로 느끼려면 우리는 같은 목표를 추구해야 한다. 그러나 대표님들의 기대와는 달리 그것은 쉽지 않다. 옆자리 동료는 그저 승진해서 부장이 되는 것이 목표일 수도 있다. 앞자리 후배는 고객사의 클레임을 받지 않고 넘어가는 것이 목표일 수 있다. 각각의 구성원들이 저마다의 목표가 다르다고 여기게 되면 '우리'라는 인식은 성립되기 어렵다.

다음, 우리는 제대로 협업하고 있을까? 같은 과정에 있는 일을 한다고 해서 모두 협업이라고 보기는 어렵다. 같은 제안서를 쓰더라도 자료 조사를 한 사람과 제안서 초안을 잡은 사람, 제안서 내용을 쓴 사람, 디자인을 손본 사람은 각자 저마다의 일을 했다고 느낄 수 있기 때문이다. 일에서 내가 맡은 분량을 하고 다른 사람에게 넘겨주는 방식은 협업이라고 보기 어렵다.

우리가 '같이' 일한다고 느끼기 위해서는 동시에 함께 무언가를 만들어가는 경험이 필요하다. 그렇게 되려면 자신의 일이 전체 과정에서 어떤 부분에 속하는지 명확하게 인지하고 있어야

10 사용자가 제품의 가치를 처음 느끼는 순간.

한다. 전체 그림을 함께 볼 수 있어야 내가 그리는 것이 잎인지 줄기인지 가지인지 열매인지를 알 수 있다.

공통의 목표를 추구하고 함께 협업하는 경험을 하고 있다면, 대면인지 비대면인지는 그다지 중요치 않게 된다. 그때 중요한 것은 목표를 달성할 수 있는가의 여부이다. 게임에서 가장 강력한 동지애를 느끼는 순간은 손발이 잘 맞아서 성공적으로 게임에서 승리했을 때다. 환상의 플레이를 했다면 패배 후에도 GG Good Game 를 외칠 수야 있겠지만, 동지애가 가장 뜨겁게 불타오르는 순간은 함께 승리를 쟁취했을 때다.

더 나아가면, 같은 승리였어도 순탄하고 무난한 승리보다 어렵고 치열하게 쟁취한 승리가 더 짜릿한 법이다. 공동의 적이 있고, 함께 어려움을 겪어냈을 때 끈끈함은 배가된다. 그때가 되면 억지로 직원들을 모으지 않아도, 함께 승리의 축배를 들기 위해 직원들이 먼저 회식을 원하게 된다.

함께 겪어야 할 것은
보스 레이드뿐만이 아니다

"최애가 같다고? 우리는 동료다."

덕질의 위상이 드높아졌다. 자신이 좋아하는 어떤 분야에 심취하여 그것을 파고드는 일을 덕질이라고 한다. 그리고 덕질 중에서도 가장 조직력을 갖춘 덕질은 아이돌 덕질이다. 그들의 동지애가 빛을 발하는 순간은 뭐니 뭐니 해도 공연장이다. 그러나 오프라인 공연이 어려웠던 지난 2년 동안에도 아이돌 팬덤의 동지애는 죽지 않았다. 최애를 괴롭게 하는 소속사에게 함께 화를 내거나, 최애가 힘들어 보이면 함께 슬퍼했다. 오랜만에 들려오는 공연 소식에 같이 기뻐하기도 한다. 같은 대상을 좋아하고, 같은 대상에게서 같은 종류의 감정을 느낀다. 그들은 같은 정서를 공유한다.

비대면 환경의 조직에서는 정서를 공유하기 어렵다. 각자의 환경에서 각자의 정서로 일하기 때문이다. 각기 다른 환경에서는 각기 다른 정서를 느낀다. 함께 기뻐하는 것도, 함께 화를 내는 것도, 함께 아쉬워하는 것도 함께 있을 때만큼 강력하게 느끼기 힘들다. 누군가는 혼자 있는 자취방에서 일을 하고 있고, 누군가는 아이가 울고 있는 집에서 일하고, 누군가는 부모님이 청소하고 계시는 집에서 일한다.

비대면 환경에서도 구성원들에게 사회적인 감각을 느낄 수 있게 하기 위해서는 공유하는 정서를 만들어주는 것이 중요한 과제가 된다. 이것은 긍정적인 정서를 전달하는 것과는 별개의 문제다. 긍정적이든, 부정적이든, 같은 정서를 공유하고 우리가 같은 정서를 공유하고 있다는 것을 아는 것도 중요하다. 전 국민이 하나가 되는 올림픽과 월드컵 기간. 우리는 함께 울고, 함께 웃고, 함께 소리 질렀다. 같은 정서를 공유하는 것은 유대감에서 아주 중요한 역할을 한다.

온라인으로라도 회식을 진행하든, 메타버스 오피스에 출근을 하도록 하든, 표면적인 문제 해결에 그치지 않고 근본적으로 문제에 다가가기 위해서는 구성원 개개인의 경험적인 측면을 깊게 고려해야 한다. 직원들이 재택을 선호하는 것을 단지 '편하게 놀면서 일하고 싶어서'로 치부해서는 안 된다. 진짜 이유는 사무실에 가면 그렇게 생각하는 '사람'이 있기 때문일 가능성이 높다. 역설적이게도, 가장 출근하고 싶은 회사는 출근하지 않아도 조직력이 강한 회사다.

사회적 거리두기가 끝났다. 우리는 다시 사무실에 나가야만 할까? 직원들을 사무실로 출근시켜야만 할까? 그렇게 해서 얻어지는 것은 무엇이고 잃는 것은 무엇일까? '원래 상태로 돌아가야 하기 때문'은 이유가 될 수 없다. '부장님이 원하기 때문'도 마찬가지다.

코로나 이후는 리턴이 아닌 뉴노멀New Nomal 로 불린다. 코로나라는 경험을 한 우리는 이전과 달라졌기 때문이다. 우리가 일하는 방식 역시 달라져야 하지 않을까?

PART 2
스타벅스는 커피를 팔지 않는다

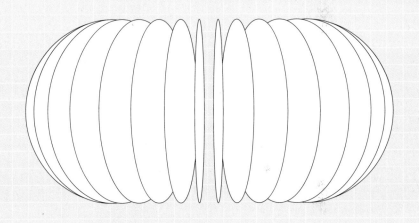

01
커피를 파는 척하는
스타벅스

음료와 공간제공이
카페 경험의 전부는 아니다

스타벅스에게 2022년 1월 13일은 역사적인 날이다. 무려 7년 6개월 만에 음료 가격을 인상했기 때문이다. 그러나 부담스러운 가격으로 인해 스타벅스가 망할 것이라고 예견하는 사람은 아무도 없었다. 소비자들에게는 커피 값이 오른 것이 원두 값 때문인지, 인건비 때문인지, 사실 그런 건 중요치 않았다. 원두 값이 얼마고, 최저시급이 얼마인지, 그 동향을 전혀 모르는 사람마저도 스타벅스의 가격 인상이 부당하다고 느끼지는 않는 듯했다. 스타벅스는 상품으로써의 커피를 판매하는 곳이 아니라는 것을 모두가 알고 있었기 때문이다.

건축가 유현준 교수는 카페를 '초단기 공간 임대업'이라고 정의한 바 있다. 사람들이 카페에 가는 이유는 단순히 맛있는 커피를 마시기 위해서가 아니라, 몇 분에서 몇 시간 단위로 사용할 수 있는 공간을 최소 비용으로 구매하기 위해서라는 분석이다. 누구나 공감할 만한 해석이다. 혹자는 스타벅스는 식음료가 아니라 브랜드를 판매한다고 했다. 스타벅스를 이용하는 사람은 커피나 굿즈를 사는 것이 아니라, '스타벅스를 이용하는 사람'이라는 이미지를 구매하는 것이다. 이 역시 수긍할 수 있는 해석이다. 결국, 스타벅스는 총체적인 경험을 판매한다고 볼 수 있다.

한국은 눈만 돌리면 카페를 찾을 수 있는 곳이다. 심지어 한 골목에 카페만 줄지어 문을 연 경우도 심심찮게 볼 수 있다. 소비자들이 그 수많은 카페 중 스타벅스를 선택하는 이유는 가장 무난하기 때문일 것이다. 스타벅스는 어느 지점을 가도 예상할 수 있는 범위 내에서 일관적이고 안정된 커피맛을 보장한다. 커피 주문을 마친 소비자는 노트북을 충전하기 위해 부족한 콘센트를 찾아 헤맬 걱정을 하지 않아도 된다. 화장실은 대체로 깨끗하게 관리되고 있으며, 온수도 잘 나온다. 커피가 맛없어서, 화장실이 더러워서, 콘센트가 없어서 겪게 될 불편한 경험의 위험으로부터 가장 안전한 카페는 스타벅스인 것이다.

그뿐인가? 스타벅스에 가면 내가 불리고 싶은 이름으로 나를 불러준다. 환경을 생각하는 사람이라는 기분을 느끼게 해줄 종이 빨대도 있다. 와이파이는 개방형이라 비밀번호를 찾아 헤맬 필요도 없다. 직접 눈으로 보고 고를 수 있는 바나나도 있다. 나를 불편하게 하는 것이 존재하지 않는 곳에서 편하게 원하는 만큼 누리다가 나올 수 있다. 이것이 스타벅스가 판매하는 경험이다.

세미나실이나 스터디룸 같은 공간을 빌리는 것 역시 유사한 경험을 판매한다고 볼 수 있다. 일정한 금액을 내면 원하는 시간만큼 공간을 빌릴 수 있고, 음료와 와이파이, 깨끗한 화장실 등 편의시설도 제공된다. 심지어 음료를 두 잔 이상 제공하는 경우도 심심찮게 찾아볼 수 있다. 그럼에도 사람들이 스타벅스를 선택하는 이유는 바로 지불 대상에 있다. 세미나실과 같은 공간은 명백히 '공간 값', 내지는 '이용경험 값'을 지불하도록 하고 있다. 이용시간에 제한을 두는 것도 이 때문이다. 반면, 스타벅스는 커피에만 값을 지불하도록 한다. 경험이 아니라 커피를 판매하는 척하는 것이다.

시간 단위로 공간을 빌리면 소비자는 계속해서 시간을 확인해야 한다. 어쩌다 일이 예상보다 빨리 끝나거나 급한 일정이

생겨 정해진 시간을 채우지 않게 되면 괜히 손해를 보는 기분도 든다. 오히려 무료로 제공받은 음료는 전혀 아깝지 않다. 동시에 전혀 먹음직스럽지도 않다. 공간에 돈을 지불했기 때문이다. 사람은 대가를 지불하는 만큼 대상을 가치 있다고 여긴다. 행동을 통해 태도를 추론하는 경향이 있기 때문이다. 이는 타인뿐만 아니라 자신에게도 적용된다. 따라서 공간 이용료를 지불하고 입장한 곳에서는 공간에 대한 평가 기준이 까다로워진다.

스타벅스에서는 바닥에 빨대가 떨어져 있어도 크게 개의치 않는 사람이 많다. 하지만 내가 빌린 스터디룸에 이전 사람이 사용했던 쓰레기가 떨어져 있으면 매우 불쾌한 느낌이 들 것이다. 돈을 지불한 대상이 다르기 때문이다. 음료에 돈을 지불한 스타벅스의 공간은 모두 무료로 느껴진다. 음료 한 잔만 사면 이 모든 공간을 누릴 수 있다는 느낌을 준다. 실제로 내가 사용하는 공간은 불과 몇 개의 좌석이고, 실제로 내가 사용하는 시간은 30분에 불과해도 크게 개의치 않게 된다. 내가 지불한 음료 값만큼 음료를 마실 수 있었기 때문이다. 대신 누군가 음료를 쏟아버린다면 매우 불쾌할 것이다. 값을 지불한 대상에 따라 이용 경험이 이렇게 달라질 수 있다.

대가를 지불하는 행위를 어떻게 설계하느냐에 따라 경험의 관심사가 달라진다. 똑같은 금액의 물건을 구매하더라도 온갖 할인쿠폰을 적용해서 만들어진 최종금액이 10만 원인 것과, 정가 10만 원을 모두 지불하는 것은 완전히 다른 경험이다. 같은 금액을 지불하고 같은 물건을 구매했을지라도 만족감은 다르게 느낄 수 있다.

심리상담의 상담자 윤리에는 무료상담을 진행하는 것이 윤리적으로 문제가 될 수 있음을 지적하기도 한다. 얼핏 보기에는 무료로 상담을 진행하면 상담을 받는 내담자에게 좋을 것이라고 오해하기 쉽다. 그러나 상담료를 지불하는 것 자체가 내담자에게 주는 의미가 있다. 내담자는 값을 지불함으로써 정당한 서비스를 받는다는 인식을 가질 수 있다. 값을 지불하지 않는 상담이 반복적으로 이루어지면 내담자는 부채의식을 가지게 된다. 내담자가 부채의식을 가지기 시작하면 상담자와 원활한 상담이 진행되기 어려울 수 있다. 결과적으로 내담자가 피해를 입게 되는 것이다.

물론 스타벅스가 아닌 다른 카페도 음료 값을 받고 공간을 내어준다. 그러나 우리는 스타벅스 만은 결코 이용 시간제한을 두지 않을 것이라는 것을 알고 있다. 심지어 스타벅스는 운영 정책상 음료를 주문하지 않아도 공간 이용에 제약을 두지 않는 것으로 유명하다. 스타벅스가 커피를 파는 척하는 것에 얼마나 진심인지 알 수 있는 대목이다. 스타벅스의 경험기획을 단순히 '친절한 서비스 제공'으로 해석한다면 스타벅스가 제공하는 경험을 충분히 이해하지 못한 것과 같다. 스타벅스는 소비자가 스타벅스에서 하게 되는 경험에 대해 치밀하게 분석하고 그것을 운영방침에 녹여내고 있다.

그 어느 때보다 빠르게 시대가 변화하고 있다. 그중에서도 취향의 개인화세분화와 서비스의 총체화가 눈에 띈다. 그림 그리기라는 하나의 취미는 이제 수십 가지의 취미를 담은 카테고리의 이름으로 세분화되었고, 기존의 메신저 서비스는 어느새 쇼핑, 콘텐츠, 미디어까지 서비스 영역이 확장되었다.

엇비슷한 메뉴를 팔던 카페들은 자신만의 시그니처 메뉴를 필수로 하는 시대가 되었고, 동시에 식음료 이외의 상품을 판매하는 것이 어색하지 않게 되었다. 공간 사용, 식음료 섭취라는 경험을 판매하던 카페는 이제 미술작품의 접점이 되기도, 굿즈의 판매점이 되기도 한다. 변화한 시대, 변화된 비즈니스에 맞춰 다양한 환경에서의 인간 경험HX 역시 변화하고 있다. 이제는 총체적인 관점에서의 경험기획이 필요한 때이다.

02
의도적으로
불편함을 주는 백화점

방문자를 편하게 해주기만 해서는
반쪽자리 경험 설계가 된다

없는 것이 없는 백화점에도 단 두 가지는 절대 존재할 수 없었다. 시계와 창문. 불과 얼마 전까지 모든 백화점에 통용되던 불문율이었다. 일부 백화점의 1층에는 남자화장실 없이 여자화장실만 배치되어 있었다. 남자화장실을 찾는 고객은 반드시 매장 사이를 돌아 2층으로 올라가고, 다시 2층 매장을 둘러보며 화장실을 찾아야 했다. 그 매장에 포인트 발급 등 단순 문의를 위해 방문한 고객은 가장 높은 층에 위치한 고객 상담실까지 올라가야 했다.

조금 더 악랄한 마트나 백화점은 올라가는 에스컬레이터와 내려가는 에스컬레이터를 엇갈리게 배치한다. 1층에서 출발하여 2층에 도착한 에스컬레이터의 옆에는 다시 3층으로 올라가는 에스컬레이터의 입구가 아니라 2층으로 내려오는 출구가 위치한다. 2층을 지나 3층으로 올라가고자 하는 사람은 반대편 에스컬레이터를 타기 위해 매장을 반 바퀴 돌아야만 한다. 지금까지 언급한 것들 모두가 백화점을 방문한 우리를 불편하게 하는 것들이다. 왜 이렇게 불편하게 만들었을까? 백화점은 어떻게 만들어야 편한지 알지 못하는 것일까?

설계자가 멍청해서 위와 같은 불편함을 만들었으리라고 생각하는 사람은 많지 않을 것이다. 창문과 시계를 두지 않는 것은 시간에 대한 감각을 잃고 더 오래 머물게 하기 위함이다. 백화점은 소비 즉, 돈을 쓰는 공간이다. 소비자를 백화점에 오래 머물게 할수록 백화점은 돈을 벌고 소비자는 지갑이 가벼워진다. 소비자들도 이 사실을 알고 있다. 창문을 통해 해가 지는 것을 보거나, 시계를 보고 '벌써 시간이 이렇게 됐어?'라고 생각하는 순간 쇼핑에 대한 몰입이 깨지고 현실감각이 돌아온다. 영화 〈타짜〉의 정마담^{김혜수}은 이것을 완벽히 이해한 인물이다. 작중에서 정마담은 도박을 위한 공간의 공사현장에서 현장 인부들에게 짜증을 내며 소리친다.

"해 뜨는 거 보면서 화투 치고 싶겠어?!"

해가 뜨는 것을 보면 도박에 대한 몰입이 깨진다. 현실감각이 돌아오면 도박판에서 돈을 잃고 있는 자신을 인식하게 된다. 그렇게 되면 중독이 심하지 않은 사람들은 서둘러 자리를 뜨려고 하게 된다. 시계와 창문이 없으면 시간을 확인하기 어렵고, 시간이 흐르는 것을 체감하기 어렵기 때문에 불편해진다. 그러나 동시에 공간에서 벌어지는 일에 더욱 몰입하게 된다. 공간의 운영자 입장에서는 불편함이 주는 실보다 몰입이 주는 득이 더 많기 때문에 의도적으로 불편함을 조성하는 것이 유리하다.

에스컬레이터를 엇갈리게 배치하고, 단순 업무 고객센터를 맨 위층에 두는 것은 동선을 의도적으로 길게 만드는 것을 목적으로 한다. 동선이 길다는 것은 방문자에게 노출되는 매대와 상품의 수가 늘어난다는 뜻이다. 남자화장실이 2층부터 있었던 매장은 1층 잡화 매장의 주요 고객이 여성이라는 점을 고려한 조치였을 것이다. 2층으로 올라가야 하는 남성고객은 불편함을 느낄 테지만, 화장실에 가기 위해서는 2층의 상품들을 보게 될 수밖에 없다. 이 역시 의도된 불편함이다.

백화점의 경험 설계는 여기서 끝나지 않는다. 대부분의 백화점 1층에는 향수 매장이 위치한다. 향수 브랜드 매장들은 그 시즌의 주력 상품이 되는 향수를 주기적으로 매장 주변에 뿌린다. 그 향이 곧 해당 브랜드의 인상이 되기 때문이다. 이는 보이지 않는 광고와도 같다. 백화점 입장에서는 1층 향수매장의 냄새광고 덕분에 출입문을 지나는 고객들이 고급스러운 향수 냄새를 맡으며 백화점에 입장하는 경험을 줄 수 있게 된다.

이에 더해 1층 향수 매장들의 향은 지하에서 올라오는 음식 냄새를 차단해 주기도 한다. 지하에는 보통 식품관이나 마트가 위치해 음식 조리에 따른 냄새가 나기 마련이다. 1층 잡화의 제품들은 주로 냄새가 배지 않는 가방, 장갑, 지갑, 양산 같은 품목들이다. 그리고 2층부터는 냄새가 밸 수 있는 의류가 위치하는 경우가 많다. 1층의 향수 냄새는 지하에서 올라오는 음식 냄새를 2층으로 올라가지 않도록 차단해 주는 역할을 한다.

최근에는 백화점보다 종합쇼핑몰이라는 형태가 우리에게 더욱 익숙해졌다. 대형 빌딩 속에는 명품 브랜드관이 가득 들어차는 대신, 식품과 문화생활이 쇼핑과 공존하게 되었다. 이에 따라 방문자의 니즈 역시 다양해졌고, 운영사는 자사의 브랜드 아이덴티티에 맞게 공간을 설계한다. 지하 식품관, 1층 잡화, 2층 여성복, 3층 남성복, 시계와 창문은 삭제와 같은 전통적인 형태의 백화점은 이제 옛말이 되었다. 제공하고자 하는 경험에 따라 쇼핑몰의 설계 역시 달라져야 하기 때문이다.

경험기획의 주요 목적은 참여자에게 최적의 경험을 제공하는 것이다. 그러나 모든 경험기획의 목적이 가장 행복한 경험을 제공하는 것에만 맞춰야 하는 것은 아니다. 무조건 좋은 것을 주려고만 하기 전에, 경험기획 자체의 목적을 확실히 할 필요가 있다. 앞서 언급한 백화점의 의도된 불편함들은 모두 매출의 상승과 연관되어 있었다. 방문객에게 다소 불편함을 주더라도 매출이라는 목표를 더 우선하는 것이다. 물론, 그것이 방문을 꺼리게 할 만큼의 치명적인 불편함이라면 이야기가 다를 수 있다.

사진을 포함한 정보공유가 그 어느 때보다 활발한 시대이다. 사진은 말할 것도 없다. 더 현대 서울은 특별한 SNS 공유 이벤트 없이도 인스타그램에 수도 없이 공유되었다. 모두 자발적인 인증이었다. 이것은 브랜딩의 힘인 동시에 훌륭한 경험 제공의 힘이기도 하다. 단순히 단기적인 매출 상승이 목적이었다면 방울이 떠다니던 그 핫플레이스[11]에는 어떤 브랜드의 매장이 들어섰을 수도 있다. 그러나 그 공간을 온전히 경험을 위한 공간

---

11 더 현대 서울의 오픈 초기, 비눗방울이 떨어지는 공간에서 촬영한 인증샷이 유행처럼 번졌다.

으로 설계 한 덕에 더 현대 서울은 수천만 원어치의 광고효과를 누렸다. '매장 하나가 낼 수 있는 단기적인 매출 상승'보다 '훌륭한 경험을 제공하는 것의 경제적 파급효과'가 압도적으로 큰 시대이기 때문이다.

경험은 목적에 맞게 설계되어야 한다. 대부분의 경우 참여자에게 유쾌한, 편리한, 감동적인 경험을 주는 것이 목적이 된다. 그러나 브랜드의 방향성과 공간의 역할, 시대에 따라 경험 설계 기획의 목적은 얼마든지 달라질 수 있다. 종합적인 사고, 다각적인 접근이 필요하다.

당신이 누군가에게 제공하는 경험은 어디를 향해 가고 있는가?

03
인스타그램 공유 이벤트의
무용함

#맛집 #사리추가 #음료수제공
그러나 효과는?

"여기 적힌 해시태그로 인스타그램 업로드해 주시면 라면사
리를 서비스로 드립니다.~"

라면사리, 음료수, 감자튀김. 인스타그램에 가게의 사진을 공
유하면 제공하는 단골 서비스 메뉴다. 공유 이벤트의 대가로 익
숙해진 탓일까, 이벤트를 하고 있음에도 제값을 주고 먹으면 괜
히 손해 보는 기분마저 들기도 한다. 이제 맛집에서 하는 SNS

공유 이벤트는 유행이 다 한 듯하지만, 최근에는 스토리[12] 공유 이벤트를 심심찮게 목격할 수 있었다. 스토리 공유 이벤트는 대부분 추첨의 형태로 이루어지기에, 이벤트 참여에 관심이 없는 사람은 한동안 넘쳐나는 무의미한 이벤트성 스토리를 넘기느라 고역을 치러야 했다. 인스타그램을 필두로 하는 SNS 공유 이벤트의 효과는 얼마나 대단하기에 이토록 유행할 수 있었을까. HX의 관점에서 이 이벤트는 어떻게 받아들여질까.

이벤트 참여자의 입장

이벤트 참여자. 이들은 명백한 경험의 참여자다. 맛집을 찾아 식사를 하러 왔거나, 평소 좋아하던 브랜드의 인스타그램을 구경하다가 이벤트를 진행한다는 안내를 발견한다. 이들은 자신의 계정에 주최자가 원하는 사진을 게시한다. 그 목적은 이벤트의 리워드 라면사리, 혹은 경품 추첨권를 받기 위해서다. 그리고 그 대가로 2천 원가량의 서비스를 제공받는다.

이벤트 참여 경품이 추첨제일 경우 경품 추첨을 기다리기도 한다. 이벤트가 끝난 뒤, 자신이 업로드 했던 게시글을 다시 본

---

12 24시간이 지나면 자동 삭제되는 게시 형태. 흔적이 남지 않기 때문에 부담 없이 업로드할 수 있다는 장점이 있다.

다. 자랑하고 싶었던 사진이었던가? 그 가게에 방문했던 흔적은 소화된 라면사리와 함께 피드에서 사라져 버린다. 인스타 스토리라면 알아서 사라질 테니, 조금은 부담이 덜 하다. 공유되었던 콘텐츠와 함께 사라진 것이 있다. 참여자의 기억이다. 이벤트 경험은 참여자에게 라면사리 이상의 의미를 남겨주지 못했다.

이벤트 목격자

이벤트 주최자 입장에서는 이벤트의 대상, 즉 홍보 타깃이 되는 사람들이다. 이들은 우연히 지인의 피드를 통해 새로운 맛집, 새로운 브랜드를 알게 되었다. 단순히 인지하게 된 것에 불과하다. 가끔은 먹음직스러워 보일 때도 있다. 내가 직접 방문해 볼 만큼 맛있는 집일까? 친구가 적어놓은 해시태그를 보니 음료수를 받기 위해 올린 게시글인 것 같다. '음료수 공짜로 먹으니 맛있냐?ㅋㅋ' 하고 댓글을 단다. 이벤트 종료 후, 게시글이 삭제되자 댓글도 함께 사라졌다.

기억도 마찬가지다. 스토리 이벤트의 경우는 더욱 상황이 좋지 못하다. 이벤트 경품에 관심이 없는 경우 해당 스토리는 정크junk 쓸모 없는 물건, 쓰레기에 불과하다. 1초도 되지 않는 시간 안에 스토리는 넘어가고, 심지어 스팸메일을 받은 듯한 불쾌한 정서를 남긴다. 경품에 관심이 간다면 자신의 피드에도 스토리를 공유하여 이벤트에 참여할 수도 있다. 이들의 관심사는 '경품' 이었다. 브랜드에 대한 기억은 자동 삭제되는 스토리와 함께 사라져 버린다.

이벤트 주최자

보다 많은 사람들에게 우리 가게, 우리 브랜드에 대해 알리고 싶다. 인스타그램 이벤트를 개최한다. 늘어나는 게시글, 공유 횟수, 참여자의 수를 통해 이벤트의 성과를 가늠해 본다. 이벤트를 위해 지출한 금액은 홍보비라고 생각하기로 한다. 라면사리 값, 경품으로 걸린 에어팟 값으로 무려 이만큼의 게시글을 유도했다. 광고비 대비 콘텐츠 발행량이 훌륭한 것 같다.

그러나 투자금 대비 매출은 얼마나 증가했을까? 단기간에 뚜렷한 상승은 보이지 않는다. 당장의 구매전환으로 이어지는 이벤트는 아니었기 때문이다. 브랜드에 대한 인지도가 상승했을 테니, 장기적인 관점의 광고비용으로 생각하기로 한다. 그런데, 참여자들은 우리 브랜드를 좋아하게 되었을까?

이벤트 참여자는 라면사리를 위한 게시글에 얼마만큼의 정성을 쏟을까? 24시간 뒤면 없어질 스토리는? 해당 콘텐츠의 수명은 얼마나 될까. 이벤트를 통해 일시적으로 온라인 상 브랜드

관련 콘텐츠가 늘어날 수는 있다. 이것을 브랜드 인지도의 상승으로 평가해도 될까? 경험기획에서는 경험의 목적이 중요하다. SNS 공유 이벤트의 경험에서 목적을 달성한 사람은 누가 있을까? 아마도 라면사리를 받은 참여자가 유일할 것이다. 그 목적 달성을 훌륭한 경험이라고 보기는 어렵지 않을까?

인스타그램에 올리고 싶은 사진은 자발적으로 자랑하고 싶은 장면이어야 한다. 그것은 단순히 내가 예쁘게 잘 나온 사진일 수도, 기억하고 싶은 소중한 장면일 수도 있다. 이벤트 참여를 위한 게시글은 이미 라면사리라는 대가를 지급받았다. 라면사리의 지급으로 거래가 끝난 것이다. SNS 공유 이벤트가 무의미한 이유는 SNS 공유를 대가로 무엇을 지급하기 때문이다. 리워드가 없으면 이벤트는 성립할 수 없지만, 리워드가 존재함으로써 게시글 업로드의 거래는 종료되고 만다. 그것에는 어떠한 애정도, 소중한 기억도 존재하지 않는다. 이벤트를 위해 업로드되는 게시글의 목적은 피드의 다른 게시글과는 다르다.

이벤트 진행의 목적을 다시 생각해 보자. '보다 더 많은 사람들이 우리 브랜드를 알았으면 좋겠다.' 이것은 표면적인 목적이다. 한 단계 더 깊게 들어간 이벤트의 진정한 목적은 '보다 더 많은 사람들이 우리 브랜드에 대해 좋은 기억을 가지면 좋겠다'

이다.

브랜드에 애정을 갖는 것은 단순히 브랜드의 이름을 인지하는 것과는 다른 차원의 문제다. 단순히 이름을 널리 알리는 것이 목표라면 노이즈 마케팅이 더 효과적일 수 있다. 물론, 그만큼 위험하다는 것은 말할 것도 없다. 브랜드를 알게 되는 사람의 대다수가 브랜드를 싫어할 것이기 때문이다.

가보고 싶은, 사용해 보고 싶은, 나아가 관계를 맺고 싶은 브랜드가 되는 것은 예쁜 사진을 남기는 것 이상의 경험을 주어야 가능하다. 예쁜 포토존은 넘쳐난다. 그러나 반드시 그곳이어야만 한다는 의미를 주는 장소는 줄을 서서라도 사진을 찍게 만든다. 그리고 누가 시키지 않아도 인스타그램에 자랑하기 바쁘다. 그런 브랜드가 되어야 한다. 그렇게 발행된 게시글만이 유의미한 공유라고 볼 수 있다. 그리고 그런 게시글은 목격자에게도 강렬한 매력을 느끼게 한다. 진정한 목적 달성은 참여자에게 진정성 있는 감동, 훌륭한 경험을 선사할 때 달성할 수 있다.

배를 만들고자 한다면,
사람들로 하여금 나무를 모으게 하지 말라.
역할을 분담하여 일을 지시하지도 말라.

대신, 스스로 갈망하고 동경하게 하라.

끝없이 넓고 광활한 바다를.

– 생텍쥐페리 Antoine Marie Roger De Saint Exupery

04
지도는
사라질 수 있을까?

사라지는 것을 지향해야 하는
서비스들

몇 년 전, 한 IT 회사에서 길 안내를 해주는 펭귄을 소개한 적 있다. 실제 펭귄은 아니고 화면상에 나타나는 AR[13] 펭귄이었다. 목적지를 설정한 뒤, 지금 보고 있는 길을 카메라로 비추면 길 위에 펭귄이 나타나 길을 안내하는 일종의 네비게이션 서비스였다. 사용자는 '전방 50m에서 우회전'과 같은 복잡한 안내 없

---

13 증강 현실Augmented Reality. 실제 현실을 기반으로 추가된 정보를 가상으로 제시하는 기술. 카메라 렌즈로 어딘가를 비추면 그 위에 그래픽으로 물체를 표현하는 등의 기술이다. 많은 인기를 끌었던 게임 〈포켓몬 GO〉에서 풀숲에 나타난 포켓몬을 표현할 때 쓰이기도 했다.

이 펭귄을 따라가기만 하면 목적지에 도착할 수 있었다.

당시 인터뷰가 인상적이었는데, "디지털 맵의 궁극적인 목표는 사라지는 것입니다"라는 문장이 기억에 남는다. 지도가 없이도 길을 찾을 수 있다면 지도는 필요 없다는 뜻이었다. 비슷한 시기, 구글에서도 AR 여우가 길 안내를 해주는 네비게이션을 선보였다. 지도를 보고도 길을 찾기 어려워하는 보행자를 위해 네비게이션에 AR 기술을 도입한 것이다. 그러나 결과적으로, 현재 이러한 서비스를 사용하는 사람은 많지 않다. 이미 완성된 기술임에도 크게 상용화되지 않은 이유는 무엇일까?

경험의 관점에서 살펴보면 귀여운 캐릭터가 길잡이가 되어주는 네비게이션은 일반적인 네비게이션보다 좋은 경험이 될 수 있다. '500m 직진 후 좌회전'이라는 지시문을 따라 지도를 따라가는 것보다 실제와 동일한 화면 속 거리에 나타난 캐릭터를 따라가는 것이 훨씬 쉽고 즐겁기 때문이다. 심지어 이와 같은 서비스는 게이미피케이션gamification에도 용이하다.

게이미피케이션이란, 게임이 아닌 분야의 문제 해결을 위해 게임적 사고나 요소, 게임의 과정을 적용하는 것이다. 네비게이션의 게임화라고 생각하면 쉽다. 게임화된 서비스는 참여자의 흥미를 유발하고 몰입도를 높인다. AR 네비게이션에서는 근처

상점의 쿠폰 등을 마치 게임의 보상과 같은 요소로 얻을 수 있다. 슈퍼마리오가 길을 지나가며 코인을 획득하듯이, 지나는 길목에 있는 광고상품을 보상쿠폰의 형태로 습득하는 방식이다. AR 네비게이션은 기존의 디지털 맵 서비스보다 더 쉬운, 가끔은 더 즐거운 경험을 제공해 줄 수 있다.

그러나 간과된 사실이 있다. 지도를 보고 길을 찾기 어려워하는 사람들은 처음부터 지도로 길을 찾지 않는다는 점이다. AR 네비게이션은 기존의 지도, 네이게이션보다 쉽고 재미있는 서비스이지만, 비교 대상이 잘못 선택되었다. AR 네비게이션의 경쟁상대는 기존의 네비게이션이 아니라 '지도가 어려운 사람들의 평소 길 찾기 수단'이다. 그것은 친구가 적어준 길치 맞춤형 안내문'지하철 역 나와서 50걸음 직진하면 보이는 편의점 끼고 오른쪽'과 같은 일 수도, 길가에 붙은 이정표 거나 친절해 보이는 동네 주민의 안내일 수도 있다.

지도를 어려워하는 사람들은 굳이 어려움을 감내하면서 지도를 보려하지 않는다. 그들은 이미 자신만의 대체수단을 찾아두었기 때문이다. 동물친구가 그것을 대체하기는 어려웠던 것으로 보인다.

결국 AR 동물친구들의 길 안내는 기존의 네비게이션의 자리를 차지하지 못했다. 그러나 '지도의 최종 형태는 사라지는 것'이라는 관점에서는 배울 점이 있어 보인다. 경험의 본질에 대한 날카로운 통찰이기 때문이다. AR 네비게이션은 일종의 길 안내 최적화라고 볼 수 있다. 그러나 그것이 기존의 지도나 네비게이션을 완벽히 대체할 수는 없었다. 기존의 지도로도 길을 잘 찾는 사람들은 굳이 친숙하지 않은 방법으로 넘어갈 필요가 없었고, 기존의 지도로 길을 찾지 못하는 사람들은 이미 지도로 길을 찾고 있지 않았기 때문이다. 다시 말해, 누구에게도 더 좋은 경험을 주지 못했기 때문이다. 서비스의 최적화와 좋은 경험을 제공하는 것은 별개로 보아야 한다.

호텔 체크인을 가장 빠르고 편하게 하기 위해 프런트의 직원을 없애고 무인 키오스크로 운영하는 것은 좋은 최적화가 될 수 있다. 현대인은 대부분 예약할 때 받은 큐알코드를 사용할 줄 알고, 불필요한 대화를 원치 않는 사람도 많기 때문이다. 무인 키오스크는 사람이라면 누구나 하는 실수도 하지 않고 전산에서 예약자의 정보를 찾는 것도 사람보다 빠르다. 그러나 무인 체크인이라는 경험은 체크인의 본질적인 목적 중 하나인 환영받는 경험을 제공할 수는 없다.

호텔 프런트 역시 어떤 요소를 제공할 것인지의 목적에 따라 다른 경험이 디자인되어야 한다. 단순히 빠른 체크인이 목적이라면 키오스크를 통해 최적화하는 것은 좋은 대안이 될 수 있다. 그러나 호텔에 도착하는 고객에게 오면서 불편한 점은 없었는지, 편한 휴식을 위해 필요한 것은 없는지 물으며 밝은 인사로 맞이해 주는 경험, 즉 환영받는 경험을 제공하고 싶다면 키오스크는 좋은 선택이 아니다. 밝은 얼굴로 환영해 주는 것은 프런트에 서있는 직원만이 가능하기 때문이다.

최적화는 더 편하게, 더 빠르게를 목표로 한다. 단순히 최적화만을 목표로 하다 보면 제공하는 경험의 본질과 멀어질 위험이 있다. 더 빠르고 편리한 서비스를 제공할수록 고객과의 접점은 짧아지는 경우도 있기 때문이다. 접점이 짧아지는 것은 경험 시간이 줄어드는 결과를 가져온다. 본인이 제공하는 것이 신속한 서비스를 지향할 것인지, 혹은 기억에 남는 경험을 제공할 것인지에 따라 집중해야 하는 영역이 다르다.

제공하고자 하는 경험의 성격에 따라 최적화가 정답이 아닐 수 있다는 점을 명심해야 한다. 참여자에게 진정 좋은 경험을 제공하기 원한다면, 참여자의 경험을 보다 면밀히 들여다볼 필요가 있다. 어떤 사람들은 최적의 청소 경험을 위해 청소기의 선을 없애고 무게를 가볍게 만들기 위해 노력했다.

같은 시간 동안 다른 사람들은 로봇청소기라는 제3의 대안을 제시하는 것으로 청소 경험 자체를 완전히 소멸시켰다. 로봇 청소기를 선택한 고객은 직접 청소를 할 필요가 없도록 한 것이다. 이로써 사용자의 청소 경험은 최적화를 넘어 한 단계 다른 차원으로 넘어갈 수 있었다.

식기세척기는 그 어떤 좋은 수세미와 세제보다 나은 설거지 경험을 제공했다. 설거지라는 경험 자체를 없애버렸기 때문이다. 줄이 꼬이지 않는 이어폰의 혁신은 줄이 사라진 이어폰이 등장하면서 끝나버렸다. 안드로이드는 높은 커스터마이징 자유도를 선사했지만, iOS는 커스터마이징을 할 필요 없도록 하는 세계 최고의 ^{자동}최적화를 선택했다. 분명, 최고의 경험을 따라가다 보면 사라지는 것을 지향해야 하는 서비스나 상품들이 존재한다.

개인적으로 존경하는 한 교육재단의 국장님께서 청소년 멘토링의 지향점에 대해 이야기해 주신 적이 있다. 당시 국장님의 견해를 회고하며 정리하려 한다.

"청소년 멘토링의 초점은 대부분 '어떻게 더 좋은 멘토링을, 교육을 제공할 수 있을까'에 맞춰지는 경우가 많습니다. 그러나 훌륭한 멘토가 되어주는 것도, 양질의 교육을 제공하는 것도 그

본질은 청소년들의 성장을 위한 것이지 않습니까? 진정으로 성공적인 멘토링이 이루어지려면 청소년들이 멘토 없이도 스스로 성장할 수 있도록 하는 것을 지향해야 합니다. 따라서 우리의 교육은 결국 사라지는 것을 지향해야 할지도 모릅니다."

05
스키장을
왜 돈 내고 가?

가장 최근에 갔던 스키장을 떠올려보자. 당신은 그곳에서 리프트를 몇 번 탔는지 기억하는가?

스키장에 가는 것을 이해하지 못하는 사람들이 있다. 어차피 내려올 산을 왜 굳이 줄 서서 올라가는 짓을 반복하냐는 것이다. 심지어 리프트를 타고 오르는 시간에 비해 스키나 보드를 타고 내려오는 시간은 훨씬 짧게 느껴진다. 그들에게는 스키장만큼 가성비가 떨어지는 경험도 없다. 심지어 당신은 지난번 스키장에서 리프트를 몇 번 탔는지조차 기억하지 못할 가능성이 높다. 그에 비해 스키장의 경험은 꽤 비싼 편이다. 리프트권, 장비 렌탈, 교통비 등을 생각하면 하루의 취미생활을 위해 그만큼의 가격을 지불하는 레저는 결코 저렴하다고 할 수 없을 것이다. 그럼에도 불구하고, 다음 시즌이 오면 당신은 또다시 스키장을 찾을 것이다. 내가 그렇듯이.

실제로, 슬로프를 내려온 횟수로 계산해 보면 스키장의 가성비는 그리 좋지 못하다. 리프트를 몇 번 탔는지 기억하기도 쉽지 않다. 반복적인 경험이기 때문이다. 슬로프를 내려오는 경험은 세 번째와 네 번째가 매우 유사하다. 유사한 경험을 각각 모두 기억하는 것은 쉬운 일이 아니다. 반복적인 업무를 하는 직장인의 일주일이 백수일 때의 일주일보다 짧게 느껴지는 것은 이와 같은 이유에서다. 매일 매일이 비슷하게 흘러간다면 새로운 기억이 남지 않는다. 그렇기 때문에 짧게 느껴지는 것이다. 그렇다면, 우리는 기억에 남지도 않는 경험을 왜 매년 구매하게 되는 것일까?

가성비의 기준에 대해서 다시 생각해 보자. 스키장 경험의 가성비는 슬로프를 탄 횟수로 측정해서는 안 된다. 스키장은 슬로프 하강 횟수를 채우기 위해 가는 곳이 아니기 때문이다. 우리가 스키장에 가는 것은 순간의 감각 때문이다. 우리는 순간의 즐거움을 위해 리프트권을 구매한다. 스키장 가성비의 기준은 가격 대비 '몇 번의 리프트를 탔는가'가 아니라, '얼마나 즐거웠는가'가 되어야 한다.

리프트를 몇 번 탔는지는 기억에 남지 않지만, 보드를 타고 처음으로 S턴을 성공한 짜릿함은 기억에 남는다. 평소에는 절대 낼 수 없는 속도로 눈 위를 미끄러진 스릴은 기억에 남는다. 리프트 권을 구매하는 것은 최대한 많이 리프트를 타기 위해서가 아니다. 가격 대비 리프트를 탄 횟수가 훌륭하다고 해서 그해 겨울 스키장의 기억이 훌륭하다고 하기는 어렵다. 가장 행복했던 스키장의 경험은 스키를 타는 동안 얼마나 즐겁고 행복했는가에 의해 결정된다.

따라서 리프트 권의 시간을 연장시키는 것은 더 좋은 경험을 제공하는 것과는 직접적인 관련이 없을 수 있다. 그렇게 하면 리프트권 구매를 저렴하다고 느낄 수는 있겠으나, 그것이 좋은 경험으로 연결되지는 않기 때문이다. 이러한 관점에서 보면 스키장에서 이용 시간 도중에 정설 작업을 진행하는 것을 이해할 수 있다. 정설 작업을 하는 동안 방문객들은 슬로프를 이용할 수 없다. 그렇기 때문에 이것은 리프트권의 시간당 이용가치를 떨어뜨리는 행위이다. 그러나 정설 작업이 끝나면 이전보다 더 매끄러운 보딩을 할 수 있다. 더 나은 경험을 제공할 수 있는 것이다.

경험기획은 정설과 같이 이루어져야 한다. 표면적인 상품 가격과 가성비만을 따져서는 좋은 경험을 제공할 수 없다. 자신이 제공하고자 하는 경험을 경험의 참여자 관점에서 면밀히 분석할 수 있어야 한다.

원데이 클래스로 또 다른 예시를 떠올려볼 수 있다. 수강권의 가성비를 높이기 위해 반지, 지갑 등 결과물의 개수를 늘리면 어떨까? 수강생들은 동일한 가격에 더 많은 결과물을 가져갈 수는 있게 될 것이다. 동시에 공방에서 수업을 듣는 동안의 시간은 더 바쁘고 정신없게 진행될 것이다. 수강생들은 초보자일 것이므로, 각각 완성품의 완성도는 더 떨어지게 된다. 좋은 경험이 될 수 있을까?

원데이 클래스 역시 완성품을 산다는 개념으로 접근해서는 안 된다. 제품을 직접 만들 수 있게 해준다는 접근은 조금 낫지만 아직은 부족하다. 클래스의 목적마다 다를 수 있지만 일반적으로 원데이 클래스는 기술 습득에 포인트가 맞춰져 있지 않다. 평소엔 만져보기 힘든 장비로 나무를 사각거리는 경험, 같은 추억을 담은 기념품을 서로 선물하는 경험, 공방 선생님과 스승과

제자가 된 듯한 기분을 느끼는 경험. 이러한 경험을 제공하는 것이 원데이 클래스의 질을 높여준다. 다시 말해, 수강권의 가성비를 높여준다.

'경험이 상품이 되는 경험 경제'는 이와 같은 맥락에서 나온 말이다. 현대의 상품은 가격과 사용 가치만으로 평가할 수 없다. 그것을 사용하는 것은 인간이며, 모든 상품은 인간에게 경험되는 형태로 소비가 이루어지기 때문이다. 최근의 소비 중 가장 만족스러웠던 소비를 떠올려보자. 그 소비는 왜 당신에게 만족감을 주었는가? 그렇다면, 당신이 값을 지불한 대상은 무엇인가?

06
그럼에도 나는
영화관에 간다

넷플릭스가 채워주지 못한
영화관의 빈자리

넷플릭스, 디즈니플러스, 쿠팡플레이… 훌륭한 OTT 서비스[14]
들이 연이어 등장하고 있다. 미디어 콘텐츠 시장의 중심은 이
제 TV가 아니라고 해도 과언이 아닐 정도다. OTT 서비스가 제
공하는 자체 제작 콘텐츠의 질이 날이 갈수록 훌륭해지고, 특정
OTT 서비스를 구독해야만 볼 수 있는 독점 콘텐츠들도 늘어난
다. OTT 서비스가 위협한 것은 TV 콘텐츠 시장만이 아니다.

---

14 TV가 아닌 인터넷 망을 중심으로 제공되는 방송 프로그램, 영화 등의 미디어
    콘텐츠 서비스.

코로나 이전인 2019년의 국내 관객 수 1위 영화는 〈극한직업〉으로 누적 관객 수는 1,625만 명에 달했으며, 2위는 〈어벤져스 엔드게임〉으로 1,393만 명에 달했다. 그러나 2021년 기준 영화관 관객 수는 12월에 개봉한 〈스파이더맨 노 웨이 홈〉이 15일 만에 550만 명을 기록하며 1위를 차지했다. 2위는 7월에 개봉한 〈모가디슈〉로 관객 수는 360만 명에 그쳤다. 불과 2년 만에 약 30% 수준으로 감소한 것이다. 사람들은 더 이상 예전만큼 영화관을 찾지 않는다.

2020~2021년은 문화콘텐츠 산업에게 특히나 재앙과 같은 기간이었다. 코로나 바이러스로 인해 모든 공연과 축제가 취소되었고, 영화관도 그 여파를 피할 수 없었다. 영화관은 극히 제한적으로 운영될 수밖에 없었다. 심지어 한 브랜드에서는 한 명이 한 상영관 전 좌석을 차지할 수 있는 이벤트도 진행하여 저렴한 가격에 이벤트 티켓을 판매하기도 했다.

비단 코로나만의 문제는 아니었다. 많은 OTT 서비스 덕분에 소비자들은 지나간 명작을 거실 소파에 누워 편하게 볼 수 있게 되었다. 누군가는 영화관이 점차 사라질 것이라고 전망하기도 한다. 그러나 여전히 영화관을 찾는 사람들이 있고, 영화관이 절대 사라질 수 없다고 말하는 사람들도 있다. 그 사람들이 그럼에도 불구하고 영화관을 찾는 이유는 무엇일까?

OTT 서비스들은 영화관이 줄 수 없는 다양한 기능과 편의를 제공한다. 넷플릭스에서는 눈치 보고 양해를 구하면서 화장실에 다녀올 필요가 없다. 원한다면 얼마든지 영화를 잠시 멈춰두고 급한 일을 처리한 뒤 이어서 볼 수 있다. 심지어 멈출 수 있는 시간에 제한도 없다. 내가 시청한 콘텐츠들을 기반으로 내 취향에 맞는 영화를 추천해 주기도 한다. 가끔은 지나간 옛 명작도 얼마든지 찾아볼 수 있다. 새롭게 제작되는 자체 제작콘텐츠의 완성도도 높다. 그에 비해 영화관은 개봉작 자체가 많이 줄어들었다. 특정 시기를 놓치면 다른 영화가 걸려버리기 때문에 놓친 영화를 되돌려볼 수는 없다. 정해진 상영시간에 일정을 맞추어야만 하고, 대사를 놓쳐도 다시 들려주는 친절함 따위는 당연히 기대할 수 없다.

대신 영화관에는 집에서 느끼기 힘든 타격감 있는 사운드, 긴장감 넘치는 장면을 더욱 실감 나게 해줄 커다란 스크린이 있다. 그러나 코로나 이후 영화관에서 주력해야 하는 경험은 이런 것들이 아니다. 집에서도 최고급 헤드폰은 얼마든지 착용 가능하고, 고성능 빔프로젝터로 집에서 상영관 못지않은 화면을 즐기는 이들도 늘어나고 있기 때문이다. 그럼에도 불구하고 영화관만이 줄 수 있는 경험이 있다. 제 아무리 훌륭한 OTT 서비스이더라도 넘볼 수 없는 영화관만의 경험. 영화관은 그 경험에 집중해야 한다.

영화관은 총체적인 경험을 판다. 영화관에 들어서면 달콤한 캐러멜 팝콘 냄새가 가장 먼저 반겨준다. 이것은 단순히 입맛을 돋우는 것 이상의 의미를 가진다. 이 냄새는 '영화관에 왔다'는 기분을 선물한다. 영화관에 가기 위해서는 보통 최소 4시간을 할애해야 한다. 이동시간, 발권, 대기, 상영관 입장, 영화 관람, 퇴장의 모든 경험을 포함하면 4시간 이상의 여유가 되는 날에만 영화관을 찾을 수 있다. 모처럼 맞은 여유로운 날, '영화나 한 편 볼까' 하고 찾는 영화관에선 항상 달콤한 팝콘 냄새가 난다. 달콤한 팝콘 냄새는 휴일의 여유로움을 떠오르게 한다. 달콤함 자체가 주는 즐거움과 함께, 냄새를 통해 휴일의 기분을 만끽할 수 있는 것이다.

영화관에는 같이 영화를 보는 다른 이들이 있다. 대부분의 경우 이들은 조용히 영화를 감상하곤 하지만, 이따금 같이 웃기도 하고, 같이 울기도 한다. '누군가와 함께 한다'는 것은 콘텐츠 감상 경험에 지대한 영향을 미친다. 그렇기 때문에 TV 예능에서는 가상의 방청객 웃음소리를 넣고, 음악 프로그램은 관객의 리

액션을 화면에 송출하는 것이다.

타인의 존재는 콘텐츠 소비라는 혼자만의 경험을 타인과의 교감이라는 종합적인 경험으로 확장해 준다. 물론, 타인의 존재가 경험을 망치는 경우도 있다. 경험상품에는 항상 이런 리스크가 존재할 수밖에 없다. 사람이 많으면 줄을 서서 기다려야 하고, 누군가의 벨소리에 몰입이 깨지게 될 수도 있다. 타인의 존재는 경험을 더욱 풍부하게 만들기도, 불쾌하게 만들기도 한다. 영화관에는 이런 불확실성과 의외성이 존재한다.

또한 소비자는 정해진 시간에 정해진 장소에 도착해야만 한다. 지나간 장면은 되감아 볼 수 없다. 이러한 요소들이 모여 현장감을 만들고 '지금 이 순간'을 유한한 자원으로 만든다. 인간은 무한함을 갈망하지만 오히려 유한한 것에 아름다움을 느낀다. 조화보다 생화가 감동적인 것도 그 때문이다. 유한한 것은 희소가치가 있다. 되돌려볼 수 있는 온라인 강의가 현장 강의보다 집중도가 떨어지는 것도 같은 이유에서다. 넷플릭스는 멈춰두거나 되감으면 그만인 콘텐츠 소비에 불과하지만, 영화관은 지나가면 돌아오지 않는 소중한 경험의 시간이다.

넷플릭스는 서비스를 팔고, 영화관은 경험을 판다.

이것이 내가, 그리고 우리가 영화관에 가는 이유다. 제 아무리 대단한 OTT 서비스가 등장해도 영화관이 망하지 않는 이유이기도 하다. 물론 그러기 위해서는 영화관도 지금까지와는 다른 새로운 방향성을 모색해야 한다. 가장 핵심적인 사원인 '콘텐츠'에서는 OTT 서비스 역시 영화관 못지않은 경험을 제공해주고 있다. 더 좋은 스크린, 더 좋은 사운드만으로는 더 이상 소비자를 묶어둘 수 없다.

코로나로 인한 사회적 거리두기 강화로 한동안 상영관에서는 팝콘을 먹을 수 없었다. 그러나 상영관에서 팝콘을 먹을 수 없었던 그 기간 동안에도 여전히 영화관에서는 팝콘 냄새가 났다. 달콤한 캐러멜 팝콘 냄새는 영화관의 상징과도 같기 때문이다. 앞으로의 영화관은 우리에게 어떤 경험을 제공해 줄까? 우리는 내년에도, 내후년에도 영화관을 찾게 될까? 고민에 빠져있을 박스오피스가 훌륭한 답을 찾을 수 있길 바란다.

07
코로나 이후의 학교는
어떤 경험을 제공해야 하는가

교육은 내용뿐만 아니라
형식으로도 가르친다

2020년부터 2021년의 2년은 코로나의 여파로 모든 자영업이 이전과 같이 운영될 수 없었다. 학교도 마찬가지였다. 수업은 온라인 상에서 비대면으로 진행되었고, 학생들은 저마다의 공간에서 저마다의 시간에 수업을 들었다. 시험은 레포트로 대체되었고, 조별과제나 발표는 집에서 화상을 통해 이루어졌다. 다른 이를 직접 대면할 수 있는 오프라인은 거의 소멸되다시피 했다.

그러나 코로나 팬데믹은 영원하지 않았다. 2022년 봄. 학교는 다시 문을 열 준비를 하고 있다. 그러나 앞으로의 교육은, 앞으로의 비즈니스는, 나아가 앞으로의 세상은 이전과 다를 것이라고 예견하는 사람이 많다. 포스트 코로나는 코로나 이전으로의 회귀가 아니라 말 그대로 새로운 세상의 도래로 보아야 한다는 것이다.

새로운 세상의 교육은 이전과 같은 방식으로 이루어질 수 있을까? 우리는 교육의 내용을 통해 지식을 채웠다. 그러나 교육은 내용만으로 이루어지지 않는다. 교육의 형식 역시 교육의 내용만큼이나 중요한 역할을 한다. 특히 경험의 관점에서 바라보면 교육의 형식은 사고력과 세계관 형성에 지대한 영향을 미친다. 이것은 생각의 방식이라고 표현할 수도, 지혜라고 표현할 수도 있다. 교육의 내용이 지식을 채운다면, 교육의 형식은 지혜를 만드는 것과 관련이 있다.

기존 교육의 형식은 대부분 다음과 같았다. 매일 같은 시간, 같은 공간에 학생을 모은다. 같은 옷을 입은 학생들은 같은 사람교사, 같은 곳단상을 바라보았다. 대학도 크게 다르지 않았다. 교복을 입지 않을 뿐, 원하는 수업을 수강하기 위해서는 정해진 시간에 정해진 장소에서 군중의 일부가 되어 일제히 교수강사를 바라보아야 했다.

우리는 이러한 방식으로 동일한 지식을 전달받았다. 부유한 가정에서 자란 학생도, 빈곤층에 속하는 학생도, 편부모 가정인 학생도, 다문화 가정의 학생도 같은 내용의 지식을 습득했다. 그들의 삶은 다르지만 그 차이가 고려되지 않은 채 동일한 관점을 배운 것이다. 그리고 그렇게 전달받은 지식은 유일한 정답이 되었다. 객관식 평가에서는 전달받은 지식 외의 선택지는 모두 오답이 되었고, 주관식 평가에서는 전달받은 지식을 그대로 적을수록 높은 점수를 받았다. 이러한 교육은 암기를 기반으로 한다. 그리고 자신이 공부한 것 이외의 선택지는 오답으로 간주된다.

이러한 기존 교육의 형식은 참여자^{학생}의 세계관으로 이어진다. 암기된 지식이 곧 성적이기 때문에, 사고력이나 지혜보다는 지식을 중요시하는 분위기가 자연스럽게 형성된다. 이러한 분위기에서는 다름을 틀림으로 받아들이기 쉬워진다. 정답인 선택지와 오답인 선택지가 정해져 있기 때문이다. 물론, 살면서 만나는 여러 문제들 중 틀린 답을 찾아내야 하는 유형의 문제들도 있다. 그러나 취향의 문제에 대해 옳고 그름을 논하느라 낭비되는 시간 역시 그 못지않게 많을 것이다.

사고력과 지혜, '다름의 세계관'은 교육의 내용이 아니라 형식으로 가르쳐야 한다. 학생들은 토론을 통해 누구는 이렇게, 다른 누구는 저렇게 생각할 수 있음을 익힐 수 있다. 토의를 통해 내가 생각하는 것만이 정답이 아닐 수 있음을 자연스럽게 받아들일 수 있다. 다행히 여러 학교에서 이미 토론과 토의를 넘어선 다양한 형식의 교육이 이루어지고 있다.

수업은 여러 인원이 정해진 시간만큼을 동시에 할애하도록 하는 장치다. 그러나 이제 모두가 모여야만 지식 전달이 가능한 시대는 지났다. 특히 코로나 이후의 기술 발달로 개인은 언제 어디서든, 원하는 시간과 원하는 공간에서 원하는 만큼의 지식을 습득할 수 있다.

수업 주제가 다원주의라면, 힘들게 모여서 2시간 동안 다원주의가 무엇인지 듣고 있을 필요가 없다. 각자가 각자의 공간에서 온라인으로 기초지식을 습득하고, 귀한 시간을 내서 모인 자리에서는 2시간 동안 생산적인 토론이 이루어진다면 사고의 폭을 무한히 확장할 수 있을 것이다. 대면 수업의 시간은 그렇게 쓰여야 한다.

기존의 지식 전달 체계는 이제 굳이 같은 시간을 내서 모이지 않아도 가능하다. 기존의 방식은 단순히 교수자선생님의 수업 효율을 위해 형성된 구조였다. 그러나 비대면 교육 환경은 한 명의 교사가 가르칠 수 있는 학생 수의 제한을 없애버렸다. 배경지식이 있는 학생은 선생님의 수업을 2배속으로 듣거나 일부를 건너뛰며 수업을 들을 수 있다. 현재의 비대면 환경이 교육의 여러 기존 형식을 바꿔놓은 것이다.

모두가 교과서를 달달 외워 외운 내용을 테스트했던 시험은 레포트로 대체되었다. 이제는 암기력보다 주어진 주제에 대해 분석적으로 사고하고 논리적으로 풀어낼 수 있는 능력이 중요해졌다. 코로나 이후 이루어지는 교육은 기존의 경직된 교육 형식을 답습하면 안 된다. 교육의 전반적인 흐름은 기존의 방식을 재조립하는 형태가 아니라, 변화된 시대에 맞는 새로운 방향성으로 나아가야 한다.

코로나의 종식이 가까워진 지금, 학교가 학생들을 다시 '학교라는 공간'으로 부르기까지는 얼마 남지 않은 것으로 보인다. 그러나 학교는 더 이상 운동장이 있고 똑같은 모양의 교실이 있는 건물을 나타내는 단어가 아니다. 학교의 공간은 학생 각자의 방으로 파편화되었고, 시간과 공간이라는 물리적인 제약이 사라지고 있다. 대면 수업이 다시 이루어질 수 있다는 이유로 이전의 교육방식으로 회귀하는 것은 교육의 수요자인 학생에게도, 사회 전체적인 비용 측면에서도 크나큰 손실이다.

학교라는 공간, 나아가 앞으로의 교육은 어떤 형식으로 이루어져야 할 것인가? 그리고 어떻게 달라져야 할 것인가? 엔데믹이 코 앞에 닥친 지금, 바로 지금이 가장 치열하게 고민해야 할 때가 아닐까?

08
가상현실은 현실경험을
대신할 수 있을까?

미디어아트가 제시하는
공간 경험의 미래

기획자와 예술가는 공생관계다. 예술가가 사고의 새로운 지평을 여는 역할을 한다면, 그것을 누구나 이해할 수 있는 언어로 전달하는 것은 기획자의 역할이다. 미디어아트는 그러한 전달 매개체의 일종이다. 예술가는 자신의 언어와 세상에 대한 자신의 해석을 예술을 통해 전달한다. d'strict 디스트릭트의 미디어아트 전시 〈아르떼뮤지엄 강릉〉 역시 디스트릭트가 세상에 전하고자 하는 메시지라고 볼 수 있다. 그 해석에 대해서는 저마다 다르게 받아들일 수 있다. 아르떼뮤지엄 강릉의 전시를 경험의 관점에서 본다면, 마치 가상현실의 미래를 제시해 주는 것처럼 느껴진다.

〈아르떼뮤지엄 강릉〉의 이번 테마는 'ETERNAL NATURE 영원한 자연', '시공간을 초월한 자연'이다. 자연은 영원하지 않다는 고유 속성을 지닌다. 그래서 귀하고, 아름답게 느껴지는 것이다. 그런 의미에서 영원한 자연이라는 표현은 역설적이다. 전시가 담고 있는 역설은 여기서 끝나지 않는다. 전시공간은 현대 기술이기에 표현 가능한 여러 작품을 보여준다. 고도의 디지털 기술로 그리고 있는 것은 디지털과는 거리가 먼 것 같은 자연 그대로다. 한없이 디지털로 그려진 자연. 이 역시 어찌 보면 역설적인 조합이다. 그러나 이 전시는 그것을 훌륭하게 소화해냈다.

각각의 전시 구역 이름은 WATERFALL, FLOWER, BEACH, GARDEN, STAR, WAVE, FOREST 등 자연을 나타내는 단어를 가져왔다. 각 구역은 미디어를 통해 이름에 맞게 재현된 자연 공간과 같다.

WATERFALL 구역에 가면 소리에 압도당하는 경험을 할 수 있다. 공간 전체를 힘찬 폭포수 소리가 메우고 있기 때문에, 함께 방문한 지인에게 무언가 말하기 위해서는 실제 폭포 앞에 선 것처럼 목소리를 높여야 한다. 그에 비해 물소리가 그치면 자연의 폭포 앞에서는 절대 느낄 수 없는 고요함이 공간을 휘감는다. 둘의 대비로 인해, 실제 자연에서 느껴지는 웅장함과 미디어아트이기에 가능한 신비감이 자연스럽게 융화된다. 그럼에도 다른 구역에서는 WATERFALL 구역의 폭포 소리가 전혀 들리지 않는다. THUNDER 공간의 찢어지는 천둥소리도 마찬가지다. 어떻게 차음 처리를 했는지 신기할 정도다.

이 같은 공간 경험은 청각에 한정된 것이 아니다. 현실보다 더 현실 같은, 혹은 실재하기에는 지나치게 환상적으로 그려져서 머릿속에만 존재할 것 같은 비주얼은 말할 것도 없다. 그러나 시각적인 경험을 리드하는 것은 단순히 정교한 그래픽만의 역할은 아니었다. 이들은 거울을 통해 공간감을 장악한다. 어두운 공간에서 절묘하게 배치된 거울은 공간의 깊이감을 끝없이 확장한다. 자연만이 줄 수 있다고 생각했던 광활한 공간감을 좁은 공간에서도 얼마든지 느낄 수 있도록 한 것이다.

각 구역은 저마다 다른 향을 풍겼다. 후각을 사용해 공간을 분할한 것이다. 굿즈샵에서는 각 공간의 이름이 붙은 디퓨저를 구매할 수 있다. 덕분에 참여자는 경험했던 전시 공간을 집으로 가져갈 수 있게 된다. 전시 경험의 훌륭한 연장이다.

JUNGLE존에서는 직접 색칠한 동물 그림을 스캔하여 벽면을

가득 채운 화면 속 정글에서 뛰어놀도록 방생할 수 있다. 인터
랙티브Interactive 콘텐츠[15]를 통해 문자 그대로 전시에 '참여'할
수 있도록 했다.

기존의 미디어아트가 시각과 청각 경험에 한정되어 있었다
면, 〈아르떼뮤지엄 강릉〉의 전시는 후각과 촉각을 넘어 공간감
까지 영역을 확장했다. 한쪽 공간에서는 차를 마시며 도슨트를
듣는 프로그램도 운영하고 있었는데, 해당 프로그램까지 참여
한다면 오감을 모두 만족시키는 경험을 할 수 있었다.

전시는 어떤 면에서 실제 자연보다 나은 경험을 주기도 한다.
참여자는 전시를 관람하는 내내 자연 속에 있다고 느낄 수 있지
만, 추위나 더위를 느끼지는 않는다. BEACH 구역은 마치 해변
에서 바닷물에 들어가는 듯한 경험을 주지만 실제로 물에 젖거
나 위험하지는 않다. 이러한 요소를 장점으로 생각하는 사람도,
단점으로 생각하는 사람도 있을 것이다. 가상현실은 실제 경험
이 주는 생생함과 그로 인한 긴장감을 전달하지 못한다.

---

15 시청자, 청취자 등 소비자와 직접 소통하는 콘텐츠. 일반적인 콘텐츠는 제작자
    의 의도대로 정해진 순서와 구성을 따르는 것에 비해 인터랙티브 콘텐츠는 실
    시간으로 소비자의 의견을 반영하는 등 소비자의 참여로 완성된다.

현대의 가상현실^{VR}은 아직 시각과 청각에 한정되어 있다. 제 아무리 고도로 그래픽이 발달한들, 실제 경험이 주는 만큼의 풍부한 감각을 느낄 수는 없다. 생생한 촉감, 공간감, 그로 인해 유발되는 정서 등 공간에 대한 경험은 총체적인 자극의 집합이기 때문이다. 게다가 가상현실에 접속하기 위해서는 물안경처럼 생긴 커다란 고글을 필요로 한다. 현장감 부족과 접속 매체^{기기}의 불편함. 이 두 가지가 해결되어야 비로소 진정한 의미의 가상현실이 완성되었다고 볼 수 있다.

넷플릭스 드라마 〈블랙미러$^{Black\ Mirror}$〉[16]에는 관자놀이에 손톱만 한 기기를 부착하여 뇌에 직접적으로 자극을 전달하는 방식의 가상현실 기기가 등장한다. 등장인물은 아주 작은 기기를 통해 실제 현실과 전혀 차이가 없는 가상공간을 경험하게 된다.

〈아르떼뮤지엄 강릉〉의 공간은 디지털로 재현된 가상현실의 자연이라고 할 수 있다. 전시공간을 고글 형태의 VR 기기로 표현된 가상현실과 비교해 보면 현재의 VR 방식이 가진 많은 문제를 해결했음을 알 수 있다. 가상현실에 접속하기 위해 별도의

---

16 기술이 고도로 발달한 사회를 디스토피아적인 시각으로 그려낸 SF 드라마. 기술의 발달이 문화와 인식의 발달을 앞서나갈 때 발생할 수 있는 부작용들을 묘사하며 다양한 질문을 던지는 작품이다.

기기를 필요로 하지 않았으며, 단순히 시각과 청각을 제공하는 것을 넘어 공간감 등의 정서까지 비교적 생생하게 전달하고 있다. 실제 자연의 냄새와는 차이가 있었지만 후각을 통해서도 공간을 느낄 수 있도록 하였으며, 가상공간만이 가질 수 있는 장점도 충분히 살려냈다.

디지털화된 현실에 대한 관심은 너도 나도 외치고 있는 메타버스라는 키워드를 따라가 보면 알 수 있다. 디지털은 공간의 혁신을 일으킬 수 있을까? 현재는 저마다 가상현실의 미래에 대해 그리는 그림이 다르다. 안경 형태의 기기를 착용하는 방식, 머리에 칩셋을 부착하는 방식, 그리고 고도로 발달한 디스플레이로 공간을 도배하는 방식. 강릉에 있는 아르떼뮤지엄은 VR 기기에 한정하여 가상현실의 미래를 그리고 있던 사람들에게 당당히 말하고 있다.

"이것이 우리가 그리는 가상현실의 미래다"라고.

1부 인간의 경험 HX 이 상품이 되다

경험을
디자인하다

PART 3
나의 첫 경험을 팔겠습니다

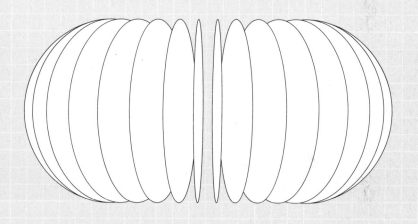

01
당신의 첫 경험을
사겠습니다

경험의 중요성, 그리고
그것을 알아야 할 이유

당신이 지나온 삶에 값어치를 매겨보자. 당신이 가진 모든 것을 중고로 거래한다면 당신은 얼마를 받을 수 있을까? 지금 옆에 보이는 휴대폰. 얼마에 내놓고 싶은가? 어제 입고 나갔던 청바지는 얼마를 받을 수 있을까? 지난겨울의 추억이 담긴 머그잔이라면 가격을 조금 더 받아야 한다고 생각할 수도 있다. 그것은 흔하게 볼 수 있는 그냥 머그잔과는 다르기 때문이다. 소중한 사람이 선물해 준 향수는 어디선가 세일 때 쟁여둘 목적으로 구매한 향수보다 더 값어치가 있다.

구매가격과는 별개로 순전히 본인 입장에서 값어치를 매겨보는 것이다. 당신의 전화번호부. 대신 이것은 팔리고 나면 그 안에 있던 어떤 번호도 기억할 수 없다는 조건이 붙는다. 얼마에 팔고 싶은가? 사랑하는 이와 함께한 떨리는 첫 데이트의 기억을 사고 싶다는 사람이 있다. 판다고 생각도 못 할 만큼 소중한 기억이지만, 감히 사겠다고 덤벼든다면 얼마를 부를 것인가. 낯선 나라에서 맞이했던 노을의 추억. 그리고 떠올리기만 해도 행복하다 못해 울컥하는 당신만의 그 경험. 당신이 가진 것 중 가장 값진 것은 무엇인가?

얼마에 팔겠다고 가정조차 못 할 만큼 소중한 것들은 아마도 물리적인 형태가 없을 것이다. 기억, 추억, 감정, 정확히 말하면 어떤 특정한 경험. 글의 제목을 읽으며, 당신의 첫 경험에는 얼마만큼의 값어치를 매길 생각이었는가? 혹시 얼굴이 붉어졌다면 뭔가 오해를 하고 있는 것이다. 당신이 기억하고 있는 첫 번째 경험, 즉 가장 오래된 기억을 말한 것이다. 인간의 첫 번째 기억은 보통 4~5세 전후로 형성되어 있다. 인간의 뇌에서 기억을 담당하는 부분이 그 시기에 어느 정도 자리를 잡고 완성되기 때문이다. 그 이전의 기억은 온전히 기억으로 남지 못한다. 당신의 첫 기억은 무엇인가?

가장
소중한 것

삶에서 가장 소중한 것은 지나온 기억이다. 앞으로도 그럴 것이다. 매일 기억이 리셋되는 대신 매일 1억을 받을 수 있다면, 당신은 그 제안을 수락할 것인가? 영화 《메멘토memento》에는 단 10분밖에 기억하지 못하는 남자가 주인공으로 등장한다. 10분 이전의 일을 기억하지 못하는 그에게는 다가오는 모두가 의심의 대상이었다. 매일의 기억을 대가로 받은 1억도 그 돈의 출처를 알 수 없다면 그것은 엄청난 공포가 될 수 있다. 설령 마음 편히 돈을 쓸 수 있다 한들, 아무것도 기억에 남지 않는다면 어떤 의미가 있겠는가. 매일이 공허한 축제의 연속일 뿐이다.

소중한 관계 역시 공통의 기억을 연료로 한다. 여기서 말하는 기억은 경험에 대한 기억을 말하는 것이다. 심리학자들이 기억을 분류하는 방식은 다양하다. 그중에서는 기억을 의미기억semantic memory 과 일화기억episodic memory 으로 나누는 방법도 있다. 의미기억은 사전적 정의에 대한 기억을 말한다. 우리가 흔히 지식이라고 부르는 것의 대부분이 의미기억이다. 반면, 일화기억은 경험에 대한 기억이다.

당신이 컵을 보고 그것이 물을 담아 마시는 도구라고 아는 것은 의미기억 덕분이고, 시원한 물을 담아 마셨던 여름날의 기억을 떠올릴 수 있다면 그것은 일화기억 덕분이다. 물이 산소와 수소로 구성된다는 지식이 한여름 체육시간 시원한 냉수 한 잔의 기억보다 소중할 수는 없다. 우리 삶에서 가장 소중한 것의 자리를 차지하고 있는 것은 바로 일화기억, 즉 경험이다.

모든 것은 경험을 통해 기록된다

모든 의미기억은 일화기억을 포함한다. 물이 산소와 수소로 구성되었다는 것을 당신이 태어나면서부터 알고 있거나, 저절로 알게 되었을 리 없다는 뜻이다. 그 지식을 습득한 것은 결국 어떠한 경험에 의한 것으로, 일화기억으로도 함께 저장됐을 것이다. 물론 지식만 기억나고 지식을 습득한 경험은 기억나지 않을 수 있다. 기억이 없는 것과 기억을 떠올릴 수 없는 것은 다른 문제다. 이것은 기억 장에서 다루기로 하고, 지금은 '모든 것이 경험'이라는 표현에 집중해 보자.

기억력이 좋은 사람이라면 글의 서두에서 '모든 것'으로 언급했던 것들이 떠오를 것이다. 역순으로 나열해 보면, 노을을 바라본 추억, 데이트의 기억, 전화번호부, 향수, 머그잔, 휴대폰. 추억과 기억은 경험을 기반으로 한다는 것에 동의하기 쉽다. 전화번호부는 휴대폰이 대신해 주는 일종의 의미기억이다. 모르는 사람이 저절로 저장되었을 리 없으므로, 이 역시 동의할 수 있을 것이다. 그러나 향수, 머그잔, 휴대폰은 앞의 무형가치와는 명확하게 성격이 다르다. 이것들은 유형의 재화이기 때문이다. 형태를 가진 물건들도 경험이라고 볼 수 있을까?

머그잔을 떠올려보자. 일반적인 형태의 머그잔. 이것은 의미기억이다. 그럼 이제 당신의 머그잔을 떠올려보자. 코코아나 커피를 타 마시던, 회사에서 사용하는, 혹은 지금 책상에 놓여있는 내 손때가 묻은 머그잔. 이것은 일반적인 머그잔이라는 개념적인 지식 의미기억 이 아니다. 이 머그잔은 당신과 어떠한 관계를 맺고 있으며, 당신 삶의 일부로써 어떠한 경험과 연관되어 있다. 여행지에서 기념품으로 구매했던 경험, 뜨거운 코코아를 호호 불며 손을 녹이고 혀를 데인 경험, 자취를 시작할 때 친구가 집들이 선물로 건네준 경험. 당신의 물건들은 전부 당신과 어떠한 관계를 맺고 있다. 그렇기 때문에 '당신의 것'이라고 할 수 있다.

이것은 양자역학이나 인식론과 같이 어려운 이야기가 아니다. 이 글은 슈뢰딩거의 고양이 Schrödinger's cat 를 몰라도 고양이가 귀엽다는 것만 안다면 읽을 수 있도록 써 내려갈 예정이다. 우리는 고양이에게 귀엽다는 정서를 느낀다. 식육목 고양이과의 포유류라는 지식은 우리에게 아무런 의미를 갖지 못한다. 그러나 길에서 만난 고양이의 애교스러운 머리 부비기는 우리에게 사랑스러움이라는 정서를 남긴다. 이것이 유형의 존재들이 우리에게 경험되는 방식이다. 이제 수긍할 수 있는가? 모든 것은 경험으로 기록된다.

삶의 모든 것은 경험이다. 이것은 사실 전혀 새로울 것 없는 발견이다. 이미 많은 사람이 알고, 공부하고, 심지어 사업도 하고 있다. 고객경험 CX Customer eXperience, 브랜드경험 BX Brand eXperience, 사용자경험 UX User eXperience, 요즘은 그중에서도 UX writing 사용자경험 측면에서의 글쓰기이라는 분야가 인기라고 한다. 용어가 어렵다면 다른 예시를 떠올려보면 된다.

놀이공원은 전형적으로 경험을 파는 공간이다. 어플리케이션을 만드는 사람도, 상품을 만드는 사람도, 공간을 운영하는 사람도 어떻게 하면 더 나은 경험을 줄 수 있을지 고민한다. 그리고 표면적인 상품가치를 넘어 훌륭한 경험을 전달하는 상품과 서비스가 각광받는 시대다.

경험 역시 기획이 필요하다. 상품, 서비스, 행사, 브랜드. 모두

기획이 필요한데 경험만은 알아서 될 것이라고 생각하는 것은 지나친 기대다. 예전의 경험디자인, 경험기획이 단순히 친절한 응대에 그쳤다면, 지금의 경험디자인은 더 폭넓게, 그리고 더 세세하게 적용되고 있다.

친절한 직원을 만나는 경험만 경험이라고 생각하던 시대는 가고, 고객과 만나는 모든 접점이 경험이라는 것을 알게 된 것이다. 이에 따라 거의 모든 기업이 총체적인 경험을 디자인하기 위해 노력하고 있다. 이 때문인지 기획자의 채용공고가 눈에 띄게 늘고 있다. 요즘은 개발자 전성시대라고 하지만, 개발자가 늘어난 만큼 더 많은 기획이 필요하게 될 것이다.

그러나 아직 경험을 디자인하는 기획자들은 매우 다양한 이름으로 불리고 있다. UX 디자이너, 서비스 기획자, 상품 MD, 브랜드 매니저. 그들은 경험디자인을 각각의 분야에서 어떻게 적용할 수 있을지 매일 고민하고, 훌륭하게 성과를 이루고 있다. 하지만 이러한 분야의 기반이 되는 인간 경험HX에 대한 종합적인 시각은 여전히 생소한 듯하다.

메타버스라는 이슈가 뜨겁다. 앞으로의 생활은 온라인 가상현실을 중심으로 옮겨갈 것이라는 기대와 전망이 많다. 문화, 경제, 일. 벌써 많은 분야의 디지털화가 이루어졌다. 이에 따라 인간의 경험도 완전히 새로운 국면을 맞이하게 되었다. 인간 경험에 대한 통찰력은 앞으로 더욱 중요해질 것이다. 이어지는 내용에서는 인간이 어떤 방식으로 경험하는지, 경험을 기획할 때는 단계별로 어떤 점을 고려해야 하는지, 각기 다른 유형의 경험은 어떤 것을 중점으로 이루어지는지를 다룰 예정이다.

02
눈을 뜨면,
지각이다

경험의 첫 단계는
지각이다

이상하리만치 개운한 아침. 알람이 울린 기억이 나지 않는다. 쏟아지는 햇빛으로 평소보다 방이 밝게 느껴진다. 믿고 싶지 않은 숙면. 지각이다.

누구에게나 식은땀 흐르는 아침의 기억이 있다. 그러나 이번 글에서 다루는 지각은 그 끔찍한 경험이 아니다. 당시에 지각했음을 알게 된 과정을 떠올려보자. 개운한 감각, 밝아진 방, 울리지 않은 알람. 지각遲刻은 늦었음을 지각知覺하면서 시작된다.

경험은 지각에서 시작된다

지각은 감각기관을 통하여 외부 자극을 인식하는 것이다. 당신은 눈이라는 감각기관을 통하여 이 글을 보고 있다. 전달받고 있는 자극은 책에 반사된 빛이다. 우리는 귀를 통해 음악을 듣고, 코를 통해 커피 향을 맡고, 혀를 통해 상큼함을 느끼고, 피부를 통해 말랑말랑함을 느낀다.

당신의 모든 경험은 지각으로부터 시작된다. 감각기관을 통해 받아들이지 못한 자극은 당신에게 경험되지 않는다. 최고의 경험을 설계하기 위해 가장 먼저 생각해야 하는 것은 바로 지각이다. 그렇다고 해서 경험을 설계하는 모든 기획자가 심리학을 깊게 공부해야 하는 것은 아니다. 깊게 파고드는 것은 학자의 역할이고, 기획자는 자신의 일에 필요한 만큼만 알면 된다. 이 책이 그것을 도와줄 것이다.

인간은 다섯 가지 감각기관을 통해 자극을 받아들인다. 심리학에서는 감각과 지각이라는 과목에서 여기에 대해 다룬다. 자극을 인식하는 과정을 기초인지라고 부른다. 이것은 지극히 과학적인 과정이다. 시지각視知覺을 예로 들어보자. 빛은 파장의 형태로 존재한다. 빛이 눈을 통해 인식되기 위해서는 인간이 인식할 수 있는 파장 범위 내에 존재해야 한다. 인간이 인식할 수 있는 범위의 파장을 가지는 빛을 가시광선이라고 한다. 가시광선 범위 내의 빛은 동공을 지나 망막에 맺힌다. 망막으로 들어온 자극은 뒤통수에 있는 뇌의 후두엽, 시각피질로 전달된다. 다시 말하지만, 이것을 모두 알 필요는 없다.

경험을 설계하기 위해 기억해야 할 것은 각각의 감각을 담당하는 뇌 영역이 다르다는 점이다. 시각을 처리하는 뇌의 영역은 뒤통수 근처에 있는 후두엽이었지만 청각정보는 뇌의 또 다른 영역에서 처리된다. 각각의 자극을 처리하는 뇌의 영역은 정해져 있다. 일반적으로 한 가지 유형의 자극은 한 가지 유형의 영역을 자극하게 된다. 그러나 한 가지 자극으로 두 가지 영역을 활성화하는 것도 가능하다. 이것을 '공감각'이라고 하는데, 레몬 사진을 보고 침이 고이는 것과 같은 현상을 말한다. 레몬 사진은 분명 시각 자극이지만, 마치 신 맛을 느낀 것과 같이 침이 분비된다. 이러한 공감각적 자극은 단일 유형의 자극보다 뇌를 강하게 활성화시킨다.

뇌는 자극을
원한다

자극적인 유튜브 썸네일, 자극적인 기사 헤드라인. 모두 부정적인 뉘앙스가 강하다. 콘텐츠가 담고 있는 내용에 비해 과장된 자극을 전달해, 클릭을 유도하기 때문이다. 과장된 자극은 어떻게 클릭을 유도할까? 평범하지 않거나 일반적이지 않은, 튀는 자극들은 우리의 이목을 끈다. 이 역시 뇌를 강하게 활성화시키기 때문이다. 시인이 공감각적 심상[17]을 사용하는 이유, 유튜버가 자극적인 썸네일을 사용하는, 기자가 자극적인 헤드라인을 사용하는 이유는 모두 동일하다. 인간은 본능적으로 자극을 원하기 때문이다.

1950년대 캐나다의 심리학자 도널드 헵Donald O. Hebb 부터, 현대에 이르기까지 다양한 방식의 감각 박탈 실험이 있었다. 안대를 씌우거나 생활을 위한 최소한의 조명으로 시지각을 차단, 매우 두꺼운 솜 장갑을 이용해 촉각을 차단, 방음 공간에서 청각을 차단하는 등, 말 그대로 감각을 박탈하는 실험이다. 이러한 실험의 결과는 대체로 유사하다. 사람들은 환시, 환청 등 환각을

---

17 청각의 시각화, 시각의 청각화, 시각의 촉각화 등 하나의 감각이 동시에 다른 영역의 감각을 불러일으킴으로써 일어나는 심상._출처: 우리말샘

경험하고, 사고력 등의 인지능력이 떨어지기 시작한다.

외부 자극이 사라진 채 일정 시간이 지나면, 뇌는 평소에 전달받던 자극을 전달받지 못하게 된다. 그럼 각각의 자극을 담당하던 뇌 영역에서 스스로 자극을 만들어 낸다. 그래서 존재하지 않는 것이 보이고환시, 존재하지 않는 소리가 들리는환청 것이다.

양영순 작가의 웹툰《덴마》에는 '독방'이라는 형벌이 등장한다. 독방은 위의 감각 박탈 실험과 같이 모든 감각을 차단하는 공간이다. 가상의 작품이므로 위의 실험과 달리 완벽하게 모든 감각을 차단할 수 있다. 그 공간에서는 제 아무리 대단한 사람일지라도 무의식 속 공포를 마주하게 된다. 인간의 뇌는 기본적으로 자극을 추구하도록 세팅되어 있다.

그래서인지, 많은 기획자들이 어떻게 자신의 상품을 자극적으로 전달할 수 있을지 고민한다. 자극적인 맛의 식품, 자극적인 홍보문구, 자극적인 서비스, 자극적인 콘텐츠 등등. 그러나 모두가 경험적으로 알고 있다. 자극이 강한 경험일수록 좋은 경험이라고 할 수는 없다. 도리어 과한 자극이 경험을 망치는 경우가 훨씬 많다. 게다가 사람마다 자극의 민감도가 다르기 때문에 어느 수준이 과한 자극이라고 볼 수 있을지는 사람마다 다를 수 있다. 매운 돈까스라는 동일한 경험도 누군가는 적당히 매워서 좋다는 사람이 있는 반면, 누군가는 다음날 화장실에 앉아 어제의 나를 저주하게 만들곤 한다.

그렇다면 어떤 자극을 어떻게 전달해야 좋은 경험을 완성할 수 있을까?

03
적당한 지각의
이로움

모든 것을
기억할 수는 없다

당신은 당신이 무엇을 보고 들을지 선택할 수 없다. 보고 듣고 느껴지는 지각의 과정은 자동적으로 이루어지기 때문이다. 무엇을 더 자세히 보거나 들으려고 노력할 수는 있겠지만, 이역시 완벽하게 통제할 수 있는 영역은 아니다. 우리는 원치 않는 광고 배너를 보게 되고, 신청한 적 없는 버스 라디오 신청곡을 듣는다. 당신이 '보는 것'이 있다면 '보이는 것'도 존재할 수밖에 없다. 우리는 하루동안 수없이 많은 자극을 지각한다. 그러나 모든 지각이 경험으로 남지는 않는다.

당신이 겪었던 최고의 경험 중 하나를 떠올려보라. 당신은 그날의 모든 것을 기억할 수 있는가? 소리, 냄새, 온도, 날짜, 지나간 사람 혹은 가로수의 수 등. 오래된 경험일수록, 당신이 중요하다고 생각하는 것 위주로만 기억할 수 있을 것이다. 경험에서 지각하는 모든 것을 기억하게 된다면, 뇌는 과부하에 걸리고 만다. 파일이 10개 저장된 폴더보다 10만 개 저장된 폴더에서 원하는 파일을 찾기가 어려운 법이기 때문이다. 우리가 지각한 모든 것을 기억하지 못한다는 점은 다행스러운 일이다.

뇌는 논리적으로 작동하지 않는다. 최적화를 지향하며 효율적으로 작동한다. 오래된 파일을 찾기 위해 PC에서 파일을 검색해 본 적이 있는가? PC는 당신의 검색어를 자신이 가진 모든 파일과 대조하여 결과를 내준다. 그렇기 때문에 대조해야 하는 파일이 많을수록 시간이 오래 걸린다. 당신이 위에서 떠올렸던 경험의 모든 것을 기억하고 있었다면, 그 경험은 그렇게 바로 떠오르기 어려웠을 것이다.

그렇다면 반대로, 기억하지 못하는 것은 지각되지 않은 것일까? 위에서 언급한 대로 지각은 자동적인 과정이다. 심지어 당신이 지각했다는 자각이 없는 경우에도, 당신의 눈은, 귀는, 뇌는 그것을 인식하고 지나간다. 목격했으나 기억하지 못하는 장면의 진술을 최면을 통해 확보하거나, 맡았다는 자각이 없음에

도 동일한 냄새로 기억을 떠올리는 프루스트 현상이 이를 방증
한다.[18]

기억에 대한 이야기는 따로 다룰 예정이고, 이번 글에서 기억
해야 할 점은 지각에 대한 이야기다. 앞서 살펴본 것과 같이, 참
여자는 경험의 모든 장면을 기억하지 않는다. 설령 그것이 참여
자의 눈에 들어왔더라도 잊을 수 있고, 반대로 자각하지 못했음
에도 경험의 일부가 되기도 한다.

경험의 기저선을
설정해야 한다

경험을 설계할 때는 참여자의 지각을 염두에 두어야 한다. 기
획자가 설계하지 않은 요소가 참여자에게 지각될 수 있으며, 기
획자가 설계한 요소가 참여자에게 지각되지 않을 수 있기 때문
이다. 참여자에게 어떤 요소를 어떻게 지각시킬 것인지 결정할
때에는 항상 이 부분을 고려해야 한다. 참여자는 모든 것을 기
억할 수 없다.

---

18 프레임 사이에 팝콘을 먹으라는 메시지를 심어서 구매를 유도한 식역하 지각
    실험 결과는 조작이라는 논란이 있다.

기저선base line 이란, '어떤 양이나 값을 측정하거나 평가하는 데 쓰이는 기본적인 양 또는 값'을 말한다우리말 샘. 즉, 참여자가 지각할 자극의 기본 수준을 설정해야 한다는 뜻이다. 이전 글에서 언급한 것과 같이 동일한 맵기도 누군가에게는 고통이, 누군가에게는 쾌락이 될 수 있다. 모두를 만족시키겠다는 욕심은 버리자. 아무도 만족시키지 못할 수 있다. 당신이 대상으로 하는 참여자는 당신이 제공하는 경험에서 어떤 수준의 자극을 원할 것인가? 당신이 만드는 경험의 목적, 대상이 되는 참여자의 관점. 이 두 가지만큼은 반드시 명확하게 인지하고 있어야 한다.

참여자의 기저 수준에 비해 과도한 자극은 향신료가 너무 많이 쓰인 음식과 같다. 제아무리 맛있는 향신료, 조미료일지라도 과하면 음식 전체의 맛을 해친다. 단맛도 일정 수준을 넘어서면 느끼하게 느낄 수 있는 것처럼. 그리고 그 적당함의 기준은 기획자의 의도가 될 수도, 참여자의 기저 수준이 될 수도 있다. 대학생을 대상으로 하는 경험을 설계한다면, 대학생에게 적당한 자극으로 경험을 설계해야 한다. 이것을 고려하지 않으면 대상 소비자를 끌어들일 수 없다.

경험은 적당히 자극적으로 구성되어야 한다. 그러기 위해서는 참여자들에게 경험의 요소들을 선택적으로 지각시켜야 한다. 경험의 모든 요소를 강조하는 것은 지나치게 자극적이며, 강조되는 요소가 없는 경험은 지나치게 밋밋하다. 참여자는 경험의 과정을 관찰한다. 어떤 것은 유심히, 어떤 것은 무심히 관찰한다. 그리고 참여자가 의미를 부여하는 순간, 비로소 그 자극은 유의미한 경험이 된다.

당신이 제공하는 경험이, 그 순간의 자극이 참여자에게 유의미한 경험으로 남기 위해서는 그것이 기억으로 남아야 한다. 그중에서도 장기기억이 되어야 한다. 그래서 다음 글에서는 기억에 대해 이야기해 보려 한다.

04
추억은
다르게 적힌다

기억은 관찰일지가
아니다

"오래전 에버랜드에 갔던 기억을 떠올려보세요. 당신이 4살 때 일이에요."

기억이 날 듯 말 듯 하다. 그러자 질문자는 자세하게 설명하기 시작한다. 그의 설명에 의하면 당신은 놀이공원에 간 적이 있었다. 초콜릿 아이스크림을 손에 들고 먹다가 옷에 흘렸고, 다른 한 손에는 둥둥 떠다니는 헬륨 풍선이 들려있었다. 그렇게 아이스크림 자국을 입가와 옷에 묻힌 채, 별로 귀여워 보이지 않는 판다 인형탈과 사진을 찍었다.

'그랬었나…?' 하고 망설이는 와중에, 앞에 앉은 사람이 털어놓는다. "사실 당신의 어머니께 미리 전해 들었어요." 그리고 웃으며 사진 한 장을 보여준다. 사진 속 나의 어린 시절 모습을 한 꼬마가 판다 인형탈 옆에서 멋쩍게 웃고 있는 것이 보인다. 그제야 기억이 되살아나기 시작한다. 당신은 사진 속 그날, 놀이공원에 있었다. 그렇다고 믿게 된다.

윗 문단은 뉴질랜드 빅토리아대학 심리학과의 스테판 린드세이Stephen Lindsay 교수의 실험을 각색한 것이다. 지적능력에 아무런 결함이 없는 일반적인 성인일지라도, 신뢰할 만한 사람의 증언과 약간의 단서조작된 사진만 있으면 잘못된 기억이 심어질 수 있다. 존재하지 않았던 경험도 존재한다고 믿을 수 있다.

엘리자베스 로프터스Elizabeth F. Loftus 교수는 인간의 기억과 관련된 연구를 하는 인지심리학의 대가이다. 그녀의 연구 중 기억의 취약성을 시사하는 다른 재미있는 연구도 존재한다. 같은 자동차 사고영상을 시청한 목격자에게 충돌 당시 자동차의 속력에 대한 증언을 얻고자 한다. 그러나 질문을 약간 달리할 것이다.

한 그룹의 목격자들에게는 "두 자동차가 접촉사고를 낼 당시 자동차의 속력이 어느 정도였나요?"라고 묻고, 다른 그룹에게는 "두 자동차가 박살나기 전 자동차의 속력이 어느 정도였나요?"라고 묻는다. 두 질문은 같은 내용을 묻고 있지만 단순히 사고를 지칭하는 표현을 달리했을 뿐이다. 그러나 두 그룹의 응답에는 확연한 차이가 발생한다. 상대적으로 약한 표현접촉사고을 접한 그룹은 강한 표현박살을 접한 그룹보다 자동차의 속력을 느리게 추정한다.

기억은 객관적인 사실의 기록이 아니다

없는 사실도 기억으로 만들어질 수 있고, 같은 사건도 다르게 기억될 수 있다. 위 실험에서는 심지어 존재하지도 않았던 부서진 유리 파편을 보았다는 증언도 나왔다고 한다. 인간의 기억은 정확한 사실, 객관적인 정보의 저장이 아니다. 그것은 주관적이고, 의도적이며, 불완전하다. 이것은 범죄심리학 중에서도 수사심리 분야의 주요 관심사이기도 하다. 목격자의 증언에 지대한 영향을 주기 때문이다. 이전 장에서 말한 것과 같이, 인간은 지각한 모든 것을 기억하지 않는다. 그뿐만 아니라 필요한 정보를 선택적으로 기억한다.

당신이 기획한 경험은 모든 참여자에게 동일하게 기억되지 않는다. 완전히 동일한 경험을 제공하더라도 다르게 기억될 수 있기 때문이다. 그렇기 때문에 모두를 만족시킬 수는 없다. 만족시키고 싶은 주요 타깃, 대상 참여자를 선택했다면 다음은 기억의 측면을 고려해야 한다. 어떻게 하면 참여자들에게 긍정적인 기억으로 남을 수 있을 것인가.

참여자들은 어떤 기억을 가져갈 것인가

당신이 제공하는 서비스, 상품, 공간, 브랜드는 가장 먼저 참여자의 작업기억에 저장된다. 작업기억은 PC로 치면 클립보드와 같은 임시저장 장치다. 전화번호를 외울 때를 떠올려보자. 010을 제외한 여덟 자리 숫자를 두 번쯤 되뇐다. 그리고 휴대폰을 열어 외워둔 숫자를 입력한다. 그 기억은 오래가지 않는다. 잠시 다른 일을 하고 오면 휘발되어버린다. 말 그대로 잠시 동안의 작업을 위해 임시로 띄워놓는 기억이다. 방탈출 카페의 단서는 해당 퀴즈를 풀고 나면 잊혀진다. 작업기억의 용량은 그리 크지 않다. 전달하는 콘텐츠를 구성하기에 따라 약간의 조정은 가능할 수 있으나, 기본적으로 금세 사라져버리는 기억이라는 점은 변하지 않는다.

그러나 작업기억 중 충격적이거나, 감동적이거나, 색다르게 느껴지는 경험들은 즉시 휘발되지 않고 장기기억으로 넘어간다. 이것을 어려운 말로는 부호화encoding 라고 한다. 어떤 자극에 대해 부호화가 이루어지기 위해서는 그것을 경험하는 주체가 자극에 대해 의미를 부여해야 한다. 쉽게 말해, 참여자가 의미 부여하는 대상만이 오래 기억된다는 뜻이다.

참여자에게 아무런 의미를 주지 못하는 자극은 쉽게 잊힌다. 지난 장에서 경험의 기저선을 설정해야 했던 이유가 여기에 있다. 참여자에게 모든 것을 기억시킬 수는 없다. 그러려고 노력할수록 당신이 설계하는 경험은 향신료가 과한 요리가 된다. 기획자는 반드시 기억시킬 요소를 선택해야만 한다. 참여자가 의미를 부여할 만한 것으로.

주의해야 할 점은, 의미를 부여하는 주체가 참여자 본인이어야 한다는 점이다. 기획자가 아무리 큰 의미를 부여했어도 그것은 참여자의 경험과는 직접적인 연관이 없다. 참여자는 일방적으로 자극을 받아들이기만 하는 주체가 아니다. 주체적이고 능동적으로 경험에 뛰어든 참여자는 경험의 요소들에 자신만의 의미를 부여한다. 그렇게 의미 부여된 대상에 대해 부호화가 일어나고, 그것은 참여자의 일화기억이 된다.

당신이 기획하는 경험을 잘게 쪼개어, 작업기억 수준에서 머물렀다가 갈 요소, 부호화시킬 요소들을 먼저 구분해야 한다. 그리고 참여자가 가장 오래 가져갈 기억이 될 것들을 배치하고, 유도해야 한다. 그것은 브랜드에 대한 기억이 될 수도, 공간에 대한 추억이 될 수도 있다.

부호화가 일어날 때는 맥락기억context memory 이라는 것이 형성된다. 당신의 감각은 언제나 깨어있기 때문에, 당신이 의미를 부여한 대상 외에도 다양한 요소를 지각하게 된다. 지각은 자동적인 과정이기 때문이다. 전시회에서 마음에 드는 그림을 만났다면, 그 그림이 기억에 저장됨과 함께 그 공간의 온도, 냄새, 밝기, 소음 등도 함께 기록된다. 당신이 책을 읽을 때 내용만을 기억하는 것은 의미기억에 해당하며, 책을 읽는 상황에 대한 기억은 일화기억에 해당한다. 둘 다 장기기억이기는 하지만, 경험과 연관이 깊은 기억은 일화기억이다. 그리고 맥락기억과 친한 것 역시 일화기억이다.

떠올리기 쉬운 경험이
오래 기억된다

맥락은 기억의 인출단서가 되어 기억을 떠올리기 쉽게 해준다. 첨단기술의 디스토피아를 그린 시리즈물 블랙미러에는 한 보험사 직원이 목격자들의 기억을 수집하는 장면이 나온다. 보험사 직원은 기억을 떠올리는데 도움이 될 것이라며, 맥주병을 건넨다. 그리고 맥주를 마시려는 목격자에게, "마실 필요는 없고 냄새만 맡으면 된다"고 일러준다. 당시 사고가 발생한 장소에서 그 맥주 냄새가 거리를 메우고 있었기 때문이다.

맥주 냄새는 사고 기억의 인출단서가 되어, 사고 당시의 기억을 떠올리기 쉽게 해준다. 목격자들이 맥주 냄새를 기억하지 못했어도 마찬가지다. 맥주 냄새를 기억하는지 여부와는 별개로 사건 당시 목격자의 후각은 맥주 냄새를 지각했다. 그리고 사건의 기억은 맥주 냄새와 함께 저장되었다. 맥주 냄새가 없다고 해서 기억을 떠올리지 못하는 것은 아니지만, 당시의 상황과 비슷한 환경이 되면 당시의 기억을 떠올리는데 매우 도움이 된다. 실제로 이를 이용한 수사 면담 기법이 개발되기도 했다.

일화기억은 다양한 맥락 정보를 포함하고 있다. 인출단서가 많은 경험은 더 떠올리기가 쉽다. 그리고 떠올리기 쉬운 경험들은 계속해서 반복 학습된다. 그렇기 때문에 시간이 갈수록 강하게 각인되고, 점점 더 오래 기억된다. 당신이 제공하는 경험에는 어떤 맥락들을 어떻게 배치할 것인가? 그것은 경험의 기저선에 따라 달라질 것이다.

기억은 관찰일지가 아니다. 특히, 일화기억은 관찰과 함께 다양한 맥락이 연합된 정보의 집합체이다. 그리고 가장 훌륭한 인출단서가 되어주는 맥락은 바로 '정서'다. 그래서 다음 장의 주제도 바로 이 녀석이다.

05

윈도우를 사야 하는 사람,
맥북을 사야 하는 사람

정서는 의사결정에 영향을
미칠 수 있는가

만일 당신의 경험이 꽂힌 책장을 분류한다면 당신은 각각의 구역에 어떻게 이름을 붙일까? 우선 공통의 경험들을 묶어서 분류해야 할 것이다. 좋았던 경험과 좋지 않았던 경험, 더 구체적으로는 감동적인 경험과 즐거웠던 경험, 우울했던 경험과 무서웠던 경험. 대부분의 분류는 이런 식으로 이루어질 것이다. 단맛을 느낀 경험과 신맛을 느낀 경험, 혹은 꽃향기 경험과 화장실 냄새 경험과 같은 파티션을 사용할 사람은 거의 없다. 경험에 이름을 붙일 때 가장 자주 사용되는 요소는 바로 정서이기 때문이다.

이전 장의 마지막에 언급한 것과 같이, 정서는 가장 훌륭한 인출 단서가 되어준다. 정서가 섞여있는 경험은 그렇지 않은 경험에 비해 떠올리기가 훨씬 쉽다. 그것은 그 정서가 긍정적이든, 부정적이든 마찬가지다. 경험이 인상적이라는 것은 정서를 많이 자극했다는 뜻이다. 어떤 경험이 당신을 감동시키거나, 놀라게 하거나, 즐겁게 하거나, 충격을 주거나, 혐오스럽게 하거나, 화나게 한다면 당신은 그 경험을 오래 기억하게 된다. 당시의 경험에서 가장 강력한 맥락은 정서이기 때문이다.

당신이 제공하는 경험이 흔하디흔한 일상 속으로 사라지지 않으려면, 참여자의 정서를 자극할 수 있어야 한다. 좋은 정서만을 자극해야 할까? 반드시 그렇지만은 않다. 우리는 부정적인 정서를 자극하는 마케팅이 얼마나 효과적인지 체감하고 있다. 대표적으로는 SNS에서 흔하게 이루어지는 공포 마케팅을 떠올릴 수 있다.

수도꼭지를 잘라 녹이 슬고 곰팡이가 핀 더러운 단면을 보여주며, "당신은 이런 물로 씻고 마시고 있었다"며 불쾌감을 유발한다. 마치 그 정수 필터를 사서 사용하지 않으면 곧 식중독에

걸릴 것만 같다. 어제까지 잘 사용하던 수도꼭지가 갑자기 더러워 보인다. 이렇게 팔려나간 수전용 필터가 수십만 개가 될 것이다. 때로는 부정적인 정서도 효과적인 도구가 될 수 있다.

빈곤 포르노 역시 불쾌감을 무기로 사용하는 대표적인 사례다. 빈곤 포르노란 가난에 시달리는 사람의 불행을 자극적으로 묘사하며 동정심을 유발하고, 이를 통해 모금이나 후원을 유도하는 방식을 비판적으로 일컫는 말이다. 많은 비판에도 불구하고 아직도 대부분의 후원 모집 TV 광고에서 이와 같은 방식을 사용하는 것은 빈곤 포르노 방식의 효과가 그만큼 증명되었기 때문이다. 당신이 제공하는 경험의 목적과 성격에 따라, 부정적인 정서 유발도 얼마든지 강력한 무기가 될 수 있다.

부정적인 정서는 일시적인 매출 상승, 정기후원 등록 등 당장의 행동을 유발하는 트리거로 작용하기에는 효과적일 수 있다. 그러나 그것으로 지속적인 관계를 유지할 수 없다는 것을 반드시 기억해야 한다. 불편함을 유발하는 사람과 친구가 되고 싶어 하는 사람은 없다. 당신이 제공하는 경험이 참여자에게 불쾌감을 유발한다면 당장 어떤 행동을 유발할 수는 있어도 진정으로 깊은 관계를 맺을 수는 없을 것이다.

정서는 의사결정에
영향을 준다

인간의 판단은 합리적이고 이성적으로만 이루어지지 않는다. 인지심리학의 의사결정 모델에는 다양한 이론과 주장이 존재한다. 그러나 현대 이론의 대부분은 인간의 판단이 이성적이고 합리적으로만 이루어진다는 것에 동의하지 않는다. 심지어 가장 합리적일 것처럼 보이는 경제학에서도 행동경제학으로 들어서면 인간의 의사결정이 비합리적이라는 것을 가정한다. 인간은 다양한 이유로 다양한 유형의 비합리적인 결정을 내린다. 습관에 의해서, 직관에 의해서, 다수에 의해서. 그 중에서도 정서는 아주 강력한 결정의 이유가 된다.

의사결정은 인지적인 자원을 많이 소모하는 일이다. 인간은 생각을 하기 위해 에너지가 필요하고, 그 에너지는 한정된 자원이다. 이를 인지자원이라고 한다. 의사결정은 다양한 선택지를 검토하고, 결과를 예상하고, 기대효과에 따라 몇 가지 대안을 포기하는 작업이기 때문에 엄청난 에너지가 소모된다. 중요한 결정은 오전에 하라는 이야기가 있다. 상대적으로 에너지가 소모된 오후에 중요한 결정을 내리려다 보면, 신중한 판단을 내리기가 더 어려워지기 때문이다.

긍정적인 정서는 의사결정을 위한 충분한 에너지를 공급해 준다. 공포 마케팅과 빈곤 포르노에서 부정적인 정서가 즉각적인 판단을 내리게 한 것을 떠올려보자. 부정적인 정서는 인지적인 에너지를 많이 소모시키고, 의사결정까지의 시간을 단축시킨다. 그렇다고 해서 긍정적인 정서가 신중한 결정만을 유도한다는 뜻은 아니다. 심사숙고라는 방향을 선택하기 위한 에너지를 줄 수 있다는 의미이다.

사실 대부분의 의사결정은 직관에 의지하는 경우가 많다. 합리적인 고민이 충분히 이루어지는 경우에도, 마지막에 결정타를 날리는 것은 직관이다. 의사결정이 직관에 의지하는 순간에는 긍정적인 정서가 특히나 큰 역할을 한다. 가격이 저렴하고, 스펙이 좋고, 아무리 기능이 많아도 '그냥 이게 더 끌린다'는 긍정적 정서 하나를 이기기는 쉽지 않다. 지인의 SNS에서 아주 적절한 사례를 본 적이 있었다.

〈맥북을 사고 싶은데, 써보니 어떠냐는 질문이 들어오면 맥북을 사려는 이유를 묻는다.〉

M1칩셋이 어쩌구, 가격이 어쩌구, 사운드가 어쩌구
→ 깝치지 말고 윈도우기반 사라고 한다.

예뻐서

→ 당장 사라고 한다. 이 경우라면 사지 말라고 해도 곧 산다.

정서는 그 무엇보다 강력한 '의사결정의 이유'이기도 하다. 기획자가 인간의 정서에 대해 알아야 하는 이유가 여기에 있다. 경험을 설계하는 사람이라면 본인이 만드는 경험이 어떤 정서를 제공하고, 그 결과 어떤 선택을 하게 만들 것인지에 대한 고민이 필요하다. 나아가, 정서와 의사결정 간의 상호작용 역시 고려해야 한다.

기획자가 유도하고자 하는 결정에 따라 상성이 맞는 정서를 찾아내고, 유발해야 한다. 후원 모금을 해야 하는 기획자라면 부정적인 정서를, 소비자와 깊은 관계를 맺고 싶은 브랜드 기획자라면 긍정적인 정서를 자극하는 것이 유리하다. 이 글에서는 정서를 긍정적/부정적으로 간단하게 나누었지만, 정서에는 그보다 훨씬 깊고 다양한 차원이 존재한다. 윈도우를 팔아야 하는 기획자와 맥북을 팔아야 하는 기획자는 다른 경험을 설계한다. 당신이 제공하는 경험에서 필요한 정서는 무엇인가?

인간의 경험을 디자인하는 기획자라면 인간에 대해 알아야 한다. 그러나 현실적으로 기획자가 모든 심리학 이론을 깊게 공부할 수는 없다. 그래서 이 책이 그 간극을 매워줄 수 있기를 바랄 뿐이다. 경험을 설계하는 사람이라면 심리학을 알아야 하는 이유, 그리고 2부가 다소 지루한 이론 파트로 시작한 이유. 그것에 대해 다음 장에서 다루는 것으로, 실무에 필요한 심리학 이론 파트를 마무리하려 한다.

06
몸짓과
꽃의 차이

경험을 쓰려거든
심리학으로 쓰세요

제품, 서비스, 공간, 브랜드, 어떤 경험이 됐든, 결국은 참여자
소비자와 어떠한 관계를 맺어야 한다. 경험은 사람과 관계를 맺
을 때 비로소 의미가 생기고 삶 속에 존재할 수 있게 된다. 참여
자가 의미를 부여하면, 경험은 참여자의 삶 속에 존재할 자리를
얻는다. 김춘수 시인의 〈꽃〉에서 이름 없는 하나의 몸짓이 이름
이 불리우자 꽃이 된 것처럼.

참여자와 어떤 관계를
맺을 것인가

경험을 제공하는 기획자라면 본인이 아니라, 본인이 제공하는 경험이 참여자와 어떤 관계를 맺을 것인지 알아야 한다. 물론 경우에 따라서는 그 두 개가 분리되지 않을 수도 있다. 당신의 경험은 참여자에게 어떤 의미로 남을 것인가. 그리고 그로 인해서 어떤 관계를 맺을 것인가.

첫 글에서 언급한 것과 같이 머그잔이라는 개념과 '당신의 머그잔'이 다를 수 있는 것은 당신과 관계를 맺고 있는 '바로 그' 머그잔이기 때문이다. 당신의 머그잔은 어떠한 경험을 통해 의미 있는 존재가 되었고, 그로 인해 당신과 관계를 맺게 되었다. 머그잔이라는 상품뿐만 아니라 브랜드도, 공간도 사람과 관계를 맺을 수 있다. 의미 있는 존재가 되려면 소비자와 관계를 맺어야 한다.

지각은 멈추지 않는다. 우리는 하루에도 수없이 많은 자극에 노출된다. 그중 경험이 되고 기억에 남는 자극은 나와 어떤 형태로든 관계를 맺은 요소들이다. 건너지 않은 횡단보도의 신호등은 당신과 아무런 관계를 형성하지 못했다. 그러나 당신과 어깨를 부딪힌 '지나가던 행인 A'는 당신의 경험이 되고, 삶 속에 들어와 기억 속에 자리를 차지한다.

만일 그 행인 A로 인해 당신의 휴대폰 액정이 깨졌다면? 당신은 더 많은 정서를 느낄 것이고, 그만큼 더 오래 기억될 것이다. 더 깊은 관계가 형성되었기 때문이다. 경험은 이렇게 삶 속으로 들어간다. 긍정적인 경험이든, 부정적인 경험이든, 긍정과 부정의 꼬리표가 붙기 위해서는 먼저 관계가 맺어져야 한다. 의미가 부여되면 관계가 맺어진다.

기술보다는
진정성이다

첫 장에서 심리학을 다룬 것은 결국 참여자에게 의미를 전달하기 위해, 궁극적으로는 관계를 맺기 위해서였다. 그러나 심리학을 특정한 유형의 기술skill이라고 볼 수는 없다. 제 아무리 기교를 부린 값비싼 선물이라도, 진정성이 담긴 선물보다 귀할 수는 없다. 당신의 경험과 관계를 맺게 되는 대상은 '불특정 다수'가 아니라 '특정한 개인'이어야 한다.

세상의 모든 어머니를 위한 선물보다, 다른 누구도 아닌 나의 어머니만을 위한 선물이 더 값진 법이다. 모두를 만족시키는 길은 아무도 만족시킬 수 없는 길이다. 모두가 마음에 들어 하는 선물은 없다. 있다면 그것은 진한 감동을 줄 수는 없는 선물이다. 이를테면 돈다발과 같은 선물이다. 싫어하지는 않겠지만 나를 위한 진심과 고민이 느껴지지는 않는다. 진정성이 결여된 기술적인 선물은 '사랑을 글로 배웠어요'라는 의미밖에 전달하지 못한다.

깊은 관계를 맺고 싶다면 기술적인 접근보다는 진정성으로 다가가야 한다. 나를 위해 진심을 다해 고민한 흔적이 보이는 선물이 가장 감동을 줄 수 있는 법이다. 그렇기 때문에 시대가 아무리 변해도 손 편지의 위상이 죽지 않는 것이다. 대상에 대해 깊게 생각하지 않고는 편지를 쓸 수 없기 때문이다. 직접 자필로 쓴 편지에는 손으로 꾹꾹 눌러 담은 글자마다 마음이 담긴다. 가장 훌륭한 선물은 '생각하는 마음'인 것이다. 당신이 제공하는 경험도 그래야 한다. 심리학은 어디까지나 진정성을 전달하기 위한 보조수단이다.

스토리와 스토리텔링은 다르다

그러나 가끔은 세련된 전달 방식이 필요한 경우가 생긴다. 진심을 잘못 전달하여 갈등이 생기는 경우도 종종 발생하기 때문이다. 같은 이야기라도 조금 더 듣기 쉽게, 이해하기 쉽게 전달하기 위해 필요한 것들이 있다. 표현이 서툴러도 진심이 전달될 수는 있지만, 가끔씩은 오해가 생기기도 한다. 예쁜 마음이라면 기왕 전달하는 거, 예쁘게 전달할 수 있다면 그렇게 하는 것이 가장 좋을 것이다. 심리학은 그럴 때 힘이 되어 준다. 진정성이 담긴 마음이 준비되었다면, 그것을 훌륭하게 전달하는데 도움을 주는 것이다.

스토리Story 를 기획하는 것과 스토리텔링Storytelling 을 기획하는 것은 별개의 작업이 이루어져야 한다. 전체 이야기의 구성을 짜는 일이 스토리라면, 어떻게 장을 나누고 어떤 순서로 누구의 시선에서 이야기를 전달할지 고민하는 것은 텔링의 영역이다. 전달하고자 하는 내용, 콘텐츠의 퀄리티가 어느 정도 보장된다면, 텔링을 다양하게 하는 것만으로도 성과를 이룰 수 있다.

코카콜라는 전 세계에서 인지심리학자가 가장 많은 기업이라고 한다. 코카콜라가 파는 상품은 30년 전이나 지금이나 크게 변하지 않았다. 톡 쏘는 탄산이 일품인 흑색의 음료. 코카콜라는 지난 몇 십 년간 같은 제품을 팔면서도 여전히 일인자의 왕관을 내려놓지 않았다. 코카콜라가 달리 했던 것은 텔링이었다. 병의 디자인을 바꾸고, 캠페인을 열고, 광고를 제작했다. 그냥 한 것이 아니라 누구보다 훌륭하게 해냈다. 콜라 음료가 그들의 스토리이자 마음이라면, 병의 디자인과 캠페인 등의 마케팅은 그들의 텔링, 전달 방식이다.

사교육의 메카 한국에는 많은 스타강사 분들이 계신다. 그분들은 모두 같은 내용을 가르친다. 모두 같은 교과서에서 출제되는 같은 수능 문제를 푸는 것을 목적으로 하기 때문이다. 가르치는 사람에 따라 교과서의 내용이 변하지는 않는다. 그러나 누구는 이렇게 가르치고, 누구는 저렇게 가르친다. 전달하는 방식만 다른 것이다. 그 전달 방식의 차이로 연봉의 자릿수가 달라진다. 동일한 내용을 가르치는 경쟁자가 많은 분야의 강사라면 누구나 가장 효과적인 전달방식을 연구하고 훈련한다. 모두 텔링의 중요성을 말해 준다.

좋은 관계를 맺기 위해서는 대상에 대해 깊은 관심을 기울여야 한다. 주의 깊게 관찰하고, 깊이 파악해야 한다. 다른 누구도 아닌, 아무나가 아닌 '너'와 친해지고 싶다는 신호는 그 어떤 메시지보다 강력한 의미를 가진다. 그래서 심리학에 대해 알아야 한다. 당신이 제공하는 경험이라는 선물을 받는 대상에 대해 알기 위해. 그리고 그 대상이 듣고 싶은 방식으로, 이해하기 쉽게 전달해 주기 위해.

콘텐츠와 전달 방식은 양자택일의 문제가 아니다. 전달 방식이 아무리 훌륭해도 진심이 없는 콘텐츠는 본능적으로 알아챌 수 있다. 진심이 담긴 선물도 대충 전달하게 되면 빛바래고 퇴색된다. 오히려 둘은 상호 보완에 가깝다. 서로가 서로에게 영향을 미치고 부족한 부분을 채워준다. 당신의 진정성, 그리고 그것을 소중히 전달하려는 의도가 담긴다면 절반 이상은 성공한 경험 설계가 될 수 있을 것이다.

"그래서 어떻게 하라는 건데?"와 관련된 이야기는 다음 장부터 이어나가 보려 한다.

PART 4
달의 뒷면에는 경험기획자가 산다

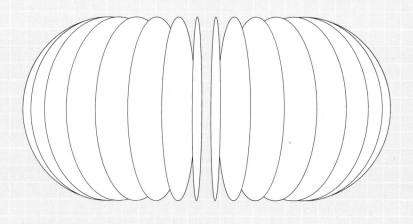

01
달의 뒷면에서 하는
기획

경험디자인의 제1원칙,
언제나 지구를 향하라

이전까지의 글이 인간중심의 경험 설계를 위한 준비였다면, 이번 글부터는 '그래서 어떻게?'라는 방법론에 해당한다. 들어가기 전에 분명히 해두고 싶은 것은 정답은 없다는 것이다. 그 어떤 경우에도 사용할 수 있는 만능열쇠는 없다. 각자가 처한 상황이 다르고, 각자가 마주하게 될 문제가 다르기 때문이다. 그러나 가장 기본적이 되는 원리를 알면 다양하게 응용이 가능하다.

문제 해결은 '문제정의'와 '솔루션 제공'이라는 두 과정으로 이루어진다. 여기에서는 솔루션 제공을 위한 기본적인 가이드라인을 제시할 것이다. 앞으로 다룰 가이드라인은 일반론에 해당한다. 개별 사례에 대한 문제정의와 적용은 기획을 맡게 된 당신의 역량에 달려있다.

중복과 누락을
허용하자

논리적인 분석을 위해서는 중복과 누락을 피해야 한다. 그러나 경험 설계에서는 중복과 누락을 허용하는 것이 유리할 때가 더 많다. 참여자가 경험을 받아들이는 과정에 대한 심리학적인 원리를 기억하는가? 참여자는 당신이 기획하는 모든 경험을 자신의 것으로 만들지 않는다. 선택적으로 지각하고, 선택적으로 기억한다. 따라서 우리는 경험의 기저선을 설정하기로 했다.

기저선을 설정했다면 그 강도에 맞는 중심 메시지를 도출해야 한다. 당신이 만들고자 하는 경험에서 가장 중요한 것. 당신의 서비스, 상품, 공간, 브랜드를 경험한 사람이라면 다른 것은 몰라도 '이것' 하나만큼은 가져갔으면 하는 것. 그것이 당신의 중심 메시지가 된다.

중심 메시지는 주제보다는 좁고 슬로건보다는 넓은 의미다.

당신의 브랜드 전체를 관통하는 하나의 축이다. 경험을 디자인할 때에는 그것을 반복하고 또 반복해야 한다. HX의 관점을 적용하여 카페라는 공간을 기획해 보자. 중심 메시지는 휴식으로 정했다. 카페 이름브랜드 네임과 로고를 만들었다. 브랜드 컬러를 정하고 간판을 만들었다. 컵에 로고를 새겼다. 여기서 그치면 곤란하다. 참여자가 카페를 경험하면서 휴식이라는 메시지를 전달받고 그 경험에 참여시키려면 더 많은 반복이 필요하다. 푹신한 바닥시공 소재, 원목 인테리어, 과하지 않고 은은한 조명, 시야를 가리지 않는 가구의 높이, 높은 층고, 넓은 창이 주는 개방감, 깔끔하고 미니멀한 화장실 인테리어와 휴지통 등, 그 공간속의 모든 요소가 휴식을 이야기해야 한다. 지겹도록 반복하면 들리기 시작한다.

실제로 그렇게 지겹도록 반복하여 훌륭한 휴식 경험을 선물하는 카페가 송리단길에 있다. 음료를 주문하러 주문대에 서면 친절한 직원이 여러 종류의 차에 대해 설명해 주고, 추천해 준다. 주문을 마치고 받은 진동벨에는 크래프트지로 만든 스티커가 붙어있다. 스윽슥거리는 재질을 손 끝에 전달하는 진동벨에는 '뷰클런즈의 시간은 천천히 흐릅니다'라고 적혀있다. 주문한 커피와 함께 나온 자그마한 카드에는 헤르만 헤세의 문장이 적혀있다. 온라인 채널 역시 브랜딩이 잘 되어 있지만, 뷰클런즈의 진가는 오프라인 경험을 통해 다가온다. 지금까지 반복을 이야기했다면, 누락은?

과감히
버리자

휴식을 전하기로 했다면, 나머지는 과감히 버릴 수 있어야 한다. 유행하는 조명이 세워진 포토존, 유행하고 있는 흑임자 음료, 북유럽식 인테리어. 트렌드가 강하게 반영된 요소일지라도 중심 메시지와 관련이 없다면 모두 누락시키자. 전달하는 것은 한 가지로 족하다. 브랜드도, 카피도, 공간도, 콘텐츠도 마찬가지다. 당신이 설계하는 모든 경험은 단 하나의 중심메시지를 통해 한 번에 관통할 수 있어야 한다는 것을 기억하자. 심리학 파트에서 설명했듯이 너무 많은 것을 담으려고 할 필요는 없다. 그리고 그렇게 정제된 경험에서야 비로소 당신의 중심 메시지는 킬링 포인트가 된다. 그리고 이러한 과정을 통해 브랜드가 만들어진다.

때로는 중심 메시지와 관련이 있더라도, 불필요하다고 여기면 과감히 누락시킬 필요도 있다. 경험에 입체감을 더하고, 생동감 있게 경험을 전달하고 싶을 때는 뜻밖의 누락과 생략을 사용

해야 한다. 뜻밖의 순간에 만나는 뜻밖의 요소와 생략된 요소는
경험에 리듬감을 주어 지루하지 않게 만들어준다. 생략을 세련
되게 사용할수록 참여자는 더 많은 생각을 할 수 있다. 생략을
멋지게 사용한 경험은 고급스럽게 느껴진다. "달라진 것은 단
하나, 전부입니다"와 같은 카피처럼.

달의 뒷면으로 가자

당신이 참여자소비자에게 제공하는 경험은 달의 앞면과 같다.
달은 자전주기와 공전주기가 같기 때문에 지구에 사는 우리는
언제나 달의 같은 면만 볼 수 있다. 쉽게 말해, 지구와 달은 팔
을 마주 잡고 빙글빙글 도는 춤을 추고 있는 것과 같다. 우리에
게 보이는 달의 표면은 늘 동일한 부분이다. 우리는 그것을 달
의 앞면으로 칭한다. 지구가 태양의 주위를 돌며 우주공간을 내
달리는 동안, 달은 동일한 속도로 지구를 따라가며 늘 같은 면
을 지구에게 비춘다.

당신의 서비스, 상품, 브랜드, 당신이 제공하는 모든 경험은
소비자에게 노출되는 지점을 필요로 한다. 노출되는 그 부분의
시간이 소비자와 동일하게 흐를 때, 소비자는 일관된 경험을 할

수 있다고 느낀다. 그리고 일관된 경험을 기대하는 소비자만이 경험의 참여자가 된다. 당신이 설계하는 모든 경험에서 달의 앞면이 어디인지 명확하게 정의해야 한다. 그리고 그 지점은 오로지 참여자를 향해야 한다. 계속해서 바라보고, 어디에 있든 일관된 모습을 보여주어야 한다. 달의 앞면이 지구를 향하듯, 당신의 경험은 참여자 단 한 사람을 향해야 한다. 당신이 설계하는 경험에서 소비자에게 계속해서 보여줄 달의 앞면, 이것을 지향점이라고 한다.

명확한 지향점을 찍고 그곳을 향해라. 좋다고 생각되는 모든 곳을 향하려다 보면 중구난방이 되기 쉽다. 경험의 시작과 끝은 모두 같은 지향점을 바라보고 있어야 한다. 항상 같은 모습을 보여주는 달의 앞면처럼, 어느 시점에서나 일관적으로 참여자를 향해 돌고 있어야 한다.

지향점을 향한 일관성에 집착할수록 견고한 브랜드가 완성된다. 브랜드의 메인 슬로건부터 고객센터의 안내멘트까지 같은 곳을 향해 있어야 브랜드가 진정성 있게 느껴진다. 심지어 존댓말을 사용하지 않을 수도 있다. 참여자에게 얼마나 브랜드를 전달할 수 있는가에 대한 관점에서는 '얼마나 공손하고 얼마나 친절한가?' 보다 '얼마나 일관적인가?'가 더 유리하기 때문이다. 이제 소비자를 만나는 지점에서 사용하는 문장은 맞춤법을 맞추고 공손하기만 해서는 부족하다. 쉽고, 친절하고, 무엇보다 보이스 앤 톤이 일관적이어야 한다. UX 라이팅에서도 이와 같은 점을 강조한다.

달의 앞면에서는 중복과 누락을 허용하자. 오히려 적극적으로 활용하자. 물론, 달의 뒷면에서는 중복과 누락이 없어야 한다. 기획의 과정은 달의 뒷면에서만 이루어져야 한다. 그것을 달의 앞면까지 들고 나오지 말자. 달의 앞면이 무대라면 달의 뒷면은 백스테이지에 해당한다. 프론트엔드와 백엔드의 관계도 유사하다. 기획자는 뒷면에서 일하자. 그리고 앞면은 언제나, 지구를 향하라.

02
당신의 소비자는
콜럼버스가 아니다

탐험은 우연한 발견으로부터
시작된다

콜럼버스는 배를 띄웠다. 드넓은 바다를, 빛나는 보화를, 새로운 대륙을 발견하기 위해서. 당신의 소비자도 배를 띄운다. 그러나 당신의 상품을 찾기 위해 길을 나선 것은 아니다. 당신의 상품은 표류 중에 발견될 수도 있을 뿐이다. 처음부터 딩신을 찾기 위해 배를 띄우는 소비자는 아주 일부에 불과하다. 정확히 말하면 없다고 봐도 무방하다. 당신의 상품을 찾기 위해 배를 띄운 것이 아니라, 유사한 무언가를 찾다가 당신의 상품을 발견하게 되었을 것이기 때문이다. 당신을 알고 찾아오는 것은 두 번째 만남부터다.

모든 경험은
발견에서부터 시작된다

당신이 파는 상품이 물건이든, 공간이든, 서비스든, 모든 상품은 소비자의 경험으로 수렴한다. 그리고 모든 경험의 최초 형태는 발견이다. 상품이나 광고의 경우 그것을 노출이라고 부르고, 브랜드의 경우는 인지라고 부른다. 소비자에게 노출, 인지, 발견되어야 상품의 존재에 의미가 생긴다. 발견되지 않은 상품은 그저 흘러가 기억 저편으로 사라질 뿐이다.

당신이 제공하는 경험을 인지할 수 있는 경로는 다양하다. 인터넷을 돌아다니다가 광고 배너를 통해 발견할 수도 있고, 친구에게 전해 들을 수도 있다. 다른 경험에 참여하는 과정에서 알게 되었을 수도 있고, 플랫폼을 통해 정보를 제공받았을 수도 있다. 당신이 기획하고 있는 경험이 발견되기 가장 좋은 통로는 무엇인가? 당신의 상품을 효과적으로 전달하기 위해서는 두 가지 차원을 고려해야 한다.

- 전달이 활발하게 이루어지는 경로
- 전환이 활발하게 이루어지는 경로

참여하고 싶다는
생각이 드는가

소비자가 당신이 만든 경험의 참여자가 되려면 먼저 그것을 발견해야만 한다. 그러나 모든 소비자는 당신의 상품을 발견하기 위해 노력하지 않는다. 콜럼버스 역시 '신대륙'을 찾고자 했던 것이지, 아메리카를 찾아 나선 것이 아니었다. 아메리카를 발견하기 전에는 그곳에 아메리카 대륙이 있다는 사실을 알 수 없었기 때문이다. 하물며 소비자의 경우라면 어떨까. 소비자 중 신대륙을 찾으려 하는 사람의 비율은 극히 일부일 것이다. 대부분의 소비자는 표류한다고 봐도 무방하다. 각기 다른 목적으로 각자 자신의 길을 가다, 당신이 제공하는 경험이 있다는 사실을 저마다의 방법으로 우연히 발견한다.

당신의 상품이 누군가에게 발견되었다면, 그것에 참여자로 임하고 싶다는 생각이 들도록 해야 한다. 당신의 상품에 더 많은 참여자를 확보하기 위한 발견 전략은 두 가지로 나뉜다. 엄청나게 많은 사람들에게 발견되도록 하거나, 적더라도 발견만 하면 참여자로 참여할만한 사람에게 발견되도록 하는 것이다. 전자는 노출량을 늘리는 전략, 후자는 전환율을 높이는 전략이다. 위에서 언급한 두 가지 차원도 같은 맥락으로 이어진다.

이 두 가지 갈림길은 참여하고 싶다는 생각의 양상에 의해 나뉜다. 당신의 상품이 '이런 것도 있었어?'에 해당한다면 '더 많은 노출' 전략이 유리하다. 반면, '나에게 꼭 필요한 경험이 바로 이거였어!'에 해당한다면 전환이 수월하게 이루어질 것이기 때문에, '더 정밀한 노출'이 유리하다. 당신의 상품이 '남녀노소 누구나 즐길 수 있는 지역축제'라면 전달이 활발하게 이루어지는 경로를 택하여 많은 사람에게 노출시키는 것이 유리하다. 그러나 '개발자의 커리어 성장을 위한 컨퍼런스'라면 전환이 활발하게 이루어지는 경로를 택하여 개발자들에게 한정하여 발견되도록 하는 것이 유리하다. 물론, 발견 당시 매력적으로 보이도록 하는 것은 공통적인 필수사항이다.

노출량을 늘릴 것인가, 전환율을 높일 것인가

마케팅에서는 고관여 제품과 저관여 제품이라는 용어로 위의 내용을 정리한다. 고관여 제품은 구매할 때 많은 고민을 거치는 제품으로, 자동차, 향수, 노트북 등이 이에 해당한다. 저관여 제품은 반대의 개념으로, 건전지, 과자, 세제 등이 있다. 구매를 잘못할 경우 예상되는 위험도가 높아 느껴지는 불안이나 제품에 대한 관심도가 클수록 고관여 제품에 가깝다. 즉, 제품과 자신의 관계가 강할수록 고관여 제품인 것이다. 팔고자 하는 상품이 고관여, 저관여 중 어디에 가까우냐에 따라 홍보 역시 다른 전략을 선택해야 한다.

고관여와 저관여에 따른 정답은 없다. 침대 브랜드 시몬스의 사례를 보자. 시몬스의 근래 마케팅 전략은 저관여 제품들이 주로 사용하던 인지도 노출량를 높이는 전략을 추구하고 있다. 대표적인 고관여 제품인 침대가 주력 상품임에도 불구하고 침대의 품질이나 성능에 대해서는 단 한마디도 언급하지 않는다.

시몬스의 이러한 전략은 집요하게 소비자의 입장을 고려했기에 가능했다. 침대는 고관여 제품임에도 살면서 한두 번 살까 말까 한 상품이다. 그리고 개인이 시몬스 급의 브랜드 침대를 구매하는 시기는 보통 결혼을 하거나, 경제력을 갖추고 독립을 하면서부터이다. 이제 막 자취를 시작하는 대학생이나 사회 초년생은 처음부터 시몬스를 선택하지 않는다.

이런 상황에서, 침대 품질에 대한 이야기를 아무리 친절하게 떠들어도 들어줄 사람은 없다. 오히려 정말 침대를 구매하려는 사람은 스스로 정보를 찾아보게 되어있다. 고로 시몬스는 장차 침대를 구매할 시기를 앞두고 있는 20대 초반의 청년들을 대상으로, 인지도를 높이는 작업을 하고 있는 것이다. 이들이 시몬스 침대의 품질을 알게 되는 것은 30대가 되고 나서도 충분하다. 다만, 그 순간 '침대 브랜드 뭐가 있더라?'라는 질문을 할 때, 가장 먼저 시몬스가 떠오르도록 하는 것이다. 그것이면 족하다.

청첩장을 보내는
마음으로

당신의 소비자가 당신의 상품을 발견하는 순간, 마치 청첩장을 받은 것처럼 느끼게 하자. 대량 인쇄된 똑같은 청첩장은 매력이 없다. 대신 그 위에 한 자 한 자 손으로 눌러 담은 내 이름이 써있다면 이야기가 다르다. 그것은 '나를 위한' 초대장인 것이다. 청첩장을 건네는 그 사람과 함께한 추억이 담겨있다면 어떨까.

"대학 시절에 네 자취방에서 먹은 국수가 그렇게 맛있었는데. 이번엔 내가 거하게 대접할게, 네가 와서 축하해 준다면 참 기쁠 것 같다 친구야."

이런 손글씨가 적혀있는 청첩장을 받고도 가고 싶지 않다고 할 사람은 없다. 당신이 제공하는 경험의 초대도 이와 같이 이루어져야 한다. 당신이 초대하고자 하는 참여자의 입장을 고려하는 것보다 한 단계 더 나아가야 한다. 스스로 그 참여자가 되어 생각해 보는 것이다. 집요하고 철저한 공감이 필요하다. 당신이 경험을 팔고자 하는 소비자는 콜럼버스가 아닌 표류자이기 때문에.

03
초장을 잘 쓰는
기획자

첫인상부터
기획하라

초대장을 받은 소비자들이 당신의 경험을 찾아왔다면, 그들을 맞이해야 할 순서다. 충분히 반겨주고 환영해 줄 준비가 되었는가? 이번 글은 경험디자인의 초장初場, 경험의 첫머리에 대해 다룬다.

기획자와 참여자의
시작점은 다르다

경험의 시작은 준비된 프로그램의 시작부터가 아니다. 그것은 기획자 입장에서의 시각이다. 참여자 입장에서 경험의 시작은 당신의 상품을 소비하기 위해 길을 나서는 순간부터다. 당신이 놀이공원을 기획하고 있다면, 공원의 입구부터 기획을 시작하는 경우가 많다. 그러나 참여자의 경험은 놀이공원 입구 이전부터 시작되었다. 공원 주차장에 진입하는 진입로, 공원까지 오는 도로, 공원을 가기 위해 짐을 챙기는 거실. 기획자가 고려하는 초창의 시점이 빠를수록 질적으로 나은 경험이 될 확률이 높다. 기획자의 시선이 공원 입구에서부터 멀리 거슬러 올라갈수록 참여자는 더 충분히 환영받는 기분을 느낄 수 있기 때문이다.

경험의 첫머리를 공원 입구로 설정했다면, 줄을 어떻게 세울 것인지, 티켓팅은 어떤 방식으로 이루어질 것인지, 입구의 비주얼 연출은 어떻게 할 것인지부터 계획하게 된다. 즉, 기획자의 손길은 공원 입구부터 닿을 수 있다. 그러나 주차장 진입로와 주차장부터를 시작점으로 설정한다면 진입로의 환영 현수막, 마스코트 모양의 설치물, 도로의 마감재, 방지턱의 간격 등에도 기획자의 손길이 닿을 수 있다.

이렇게 설계된 경험에서는 참여자가 진입로부터 놀이공원에 도착했음을 느낄 수 있을 것이다. 경우에 따라서는 진입로에서부터 차량 통행이 정체되더라도 덜 지루하게 느낄 수 있다. 조금 더 참여자의 관점으로 들어가 보자. 경험의 첫머리가 집을 나서는 순간까지 거슬러 올라간다면, 기획자의 손길은 홍보 카피, 집을 나서는 참여자의 짐가방까지 닿을 수 있다. 아이가 있는 가정이라면 이동의 편리성을 위해 웨건이 필요할 수 있다. 실제로 놀이공원에 가면 웨건에 누워 잠든 아이를 심심찮게 볼 수 있다. 기획자의 시선이 여기까지 닿았다면 참여자가 무겁게 웨건을 차에 싣는 고생을 덜어줄 수 있다. "회원권 구매 시 웨건 무료 대여!"라는 홍보카피로 회원권 판매를 노려볼 수 있는 것은 덤이다.

기억은
두괄식이다

첫인상은 아주 강력한 힘을 가진다. 첫인상의 힘은 장르를 가리지 않는다.

아무래도 좆됐다.
그것이 내가 심사숙고 끝에 내린 결론이다.
나는 좆됐다.

– 소설《마션The Martian》의 첫 문장

소설, 영화, 유튜브 등 초반 후킹[19]이 필요한 모든 콘텐츠는 앞부분 10%에 가장 많은 공을 들인다. 심지어 논설문도 가장 중요한 명제를 가장 처음에 두괄식으로 제시한다. 첫인상을 형성하기 때문이다. 동시에 첫인상은 이어지는 뒷부분을 마저 소비할 것인지 결정하게 하는 역할도 한다.

인간은 가장 처음 것을 가장 쉽게 기억한다. 이후의 것들은 첫 요소의 간섭을 받기 때문이다. 애국가 2절에 대한 기억은 1절의 영향을 받는다. 3절은 1절과 2절의 간섭을 받는다. 4절까지 갈수록 모든 가사를 완벽히 떠올리는 것이 까다로워지는 것은 이 때문이다. 심리학에서는 이것을 초두효과初頭效果 라고 한다.

첫인상은 정서를 유발한다. 이것은 무의식적인 과정이다. 소개팅의 결과는 3초면 결정된다. 첫인상이 좋지 않았던 소개팅은 분위기를 반전시키기 쉽지 않다. 면접도 마찬가지다. 첫인상의 영향을 상쇄시키려면 꽤 오랜 기간이 소요된다. 심지어 첫인상으로 인해 유발된 정서는 의사결정에도 영향을 미친다. 우리는 앞에서 정서가 의사결정에 미치는 영향도 살펴보았다. 관련글:

---

19 Hooking, 갈고리를 뜻하는 단어로 '낚아채다', '갈고리를 걸다'라는 의미로도 쓰인다. 매력적인 무언가에 마음을 확 빼앗기는 것을 빗대어 표현할 때 쓰이기도 한다.

경험의 초장은 첫인상을 형성하는 역할을 한다. 첫인상은 가장 기억하기 쉽고, 이어지는 경험에 참여할 것인지 결정하게 만든다. 또한 어떠한 정서를 남기고 그 정서는 바꾸기 쉽지 않을 만큼 강력하다. 이러한 의미에서 우리의 기억도 두괄식이라고 볼 수 있다. 첫인상의 중요성은 아무리 강조해도 지나치지 않다. 그래서 첫인상이 언제 형성되는지 파악하는 것이 중요한 것이다. 앞에서 언급한 것과 같이, 참여자 입장에서의 첫인상 지점은 기획자가 설계하는 경험보다 앞서 있을 수 있다. 참여자가 경험에 대해 첫인상을 받는 지점에서 참여자를 확실하게 후킹할 수 있으려면 그곳이 어디인지 치열하게 고민할 필요가 있다.

경험이 이루어지는 공간

공간 경험에서 첫인상이 형성되는 지점은 어디일까? 오프라인에서 이루어지는 경험을 기획하는 기획자라면 공간 연출에 각별한 주의를 기울일 것이다. 컨셉과 메시지에 맞는 키 비주얼[20],

---

20 키 비주얼key visual 핵심장면을 말한다.

키 비주얼을 토대로 한 배너, 소품 등 다양한 브랜딩이 가능하다. 그러나 경험 설계의 관점에서는 다른 한 가지 차원을 반드시 고려해야 한다. 공간이 가지는 의미에 대해서다.

경험이 이루어지는 공간이 주는 의미는 시각적인 연출보다 앞서, 경험의 첫인상을 형성한다. 이것은 연출과는 별개의 요소로, 공간까지 도달하는 과정_{시간, 접근방법 등}, 공간 자체가 가지는 의미 등이 있다. 한 가지 예시로 격리감을 들 수 있다. 앞서 설명한 것과 같이 예전의 백화점은 바깥 공간과의 격리감을 위해 창문과 시계를 매장에 두지 않았다. 이는 시간 감각을 무디게 만들어 더 오랜 시간을 쇼핑에 머물도록 유도했다. 클럽은 어두운 조명과 시끄러운 음악으로 다른 일반적인 공간과 격리감을 유도한다. 같은 인구 밀집도일 경우 밝은 공간보다 어두운 공간이 덜 불편하게 느껴진다. 여행을 가면 평소에는 하지 않을 법한 새로운 시도에 망설임이 옅어지는 경우가 있다. 모두 시각적인 연출과는 별개로 공간 자체가 주는 의미에 해당한다.

격리감 외에도 경험이 이루어지는 공간은 다양한 의미를 가질 수 있다. 예술사회학에서는 공연예술가들의 공연이 이루어지는 공간을 통해 당대 예술가들의 지위를 읽어내기도 한다. 현대의 콘서트식 공연장은 무대가 객석보다 높아 관객들이 예술가를 올려다보는 경우가 많다. 그러나 과거 원형극장 형식의 무대는 무대보다 높은 객석에 빙 둘러싸여 있어 광대를 내려다보는 구조로 제작되기도 했다. 경험을 통해 참여자에게 전달하고자 하는 메시지의 성격에 따라 공간이 가지는 다양한 의미에 대해서도 고려해야 한다.

초장에 끝내라!

기획자라면 초장을 잘 써야 한다. 참여자 경험의 시작은 운영 계획안보다 한 시점 앞에 있다. 훌륭한 숙성회를 파는 것과 훌륭한 숙성회 식사 경험을 제공하는 것은 다르다. 당신이 숙성회를 파는 도매상이라면 초장까지 신경 쓸 필요는 없다. 그러나 당신이 다이닝 경험 기획자라면, 멋진 숙성회와 함께 초장과 고추냉이까지 준비해야 한다. 경험에 대한 인상은 초장에 형성되기 때문이다. 메인 디시가 나오기 전에 참여자가 만나게 될 그릇과 식기의 감촉까지 고려할 수 있다면, 가장 이상적일 것이다. 그리고 그다음에서야 본격적인 경험이 시작된다.

04
기획자에게
만능간장이란 없다

경험의 사이사이를
채우는 법

당신이 파는 것이 무엇이든 사람을 대상으로 무엇인가를 팔고 있다면 당신은 경험을 파는 것이라고 할 수 있다. 상품, 서비스, 이벤트, 공간, 브랜드, 모두 경험을 통해 사람에게 전달되기 때문이다. 따라서 우리는 효과적으로 경험을 설계하기 위해 심리학의 기초를 익히고, 참여자를 초대했다. 그리고 이번 글에서야 드디어 본격적으로 경험을 제공할 차례가 되었다.

당연한 이야기지만, 모든 사람의 몸에 맞는 옷은 없다. 모든 사람이 발을 넣을 수 있는 신발은 결국 누군가에게는 너무 크거나 작아서 불편할 것이다. 특정 사례가 아닌 일반론에 대해 이야기하다 보면 자연스레 너무 추상적이거나 뻔한 내용이 되기 쉽다. 그럼에도 불구하고, 인간의 경험을 중심으로 한 기획에서 공통적으로 고려할만한 세 가지를 추려보았다.

간지를 세워라

간지間紙 는 얇은 종이를 힘 있게 받쳐주거나, 인쇄된 종이끼리 붙지 않도록 하는 역할을 한다. 요즘은 그 의미가 확대되어, 프레젠테이션이 다른 내용으로 바뀔 때 구간이 바뀌었음을 알려주는 중간 지면의 역할도 수행하고 있다. 경험 설계에도 적절한 간지의 사용이 필요하다. 연속된 과정의 경험을 제공하다 보면 구획을 나누어줄 필요가 생긴다. 경험의 처음부터 끝까지가 한 호흡으로 이루어진다면 자칫 지루해지거나 참여자가 지칠 수 있기 때문이다.

여행을 테마로 한 전시 〈우연히, 웨스 앤더슨 Accidentally Wes Anderson〉은 단순히 예쁜 사진이 나열된 공간을 넘어서는 경험을 제공한다. 참여자관람객 는 비행기 티켓처럼 생긴 표를 받고 전시 공간으로 들어선다. 입구에는 "THIS IS AN ADVENTURE 이것은 모험이다 "라는 문장이 적혀있다. 팸플릿에 적혀있는 입장 후 첫 공간 역시 'WELCOME ADVENTURERS 모험가 환영'라는 이름을 사용하고 있다. 이후 이어지는 공간들의 컨셉에 따르면 먼저 모험의 동력을 얻고, 더 먼 곳으로 여행하기 위한 이동수단을 고른다. 다음 여행지로 이동하기 위해 터미널에 도착하고, 사진을 통해 다양한 도시를 여행한다. 많은 도시들을 둘러본 뒤에는 호텔에 도착하여 체크인을 한다. 공간 이름은 'CHECH IN, PLEASE'이다. 해당 공간은 실제 호텔에 온 듯한 느낌을 주는 인포메이션 데스크, 붉은 카펫 바닥을 사용하여 공간을 연출했다. 체크인 이후에는 풀장에서 쉬기도 하고, 망원경으로 더 먼 곳을 내다보기도 한다.

〈우연히, 웨스 앤더슨〉 전시의 경험은 참여자가 마치 여행을 떠나는 기분을 느낄 수 있도록 구성되었다. 그리고 공간의 컨셉이 변하는 지점에서는 커튼을 열고 다음 공간으로 넘어가거나, 조명과 바닥, 벽면 전체를 바꾸어 다음 장으로 넘어왔음을 알린다. 이러한 장치들이 간지의 역할을 하고 있는 것이다. 이를 통해 참여자는 하나의 큰 주제 안에서 11가지의 존으로 나뉘어 구성된 전시를 경험하게 된다. 한 가지 경험이 아니라 흐름이 있는 열한 가지의 경험이 되는 것이다.

터치 포인트접점의
감수성

터치 포인트Touch point 는 두 가지 의미를 가진다. 한 가지는
참여자와 만나는 지점이고, 다른 한 가지는 참여자를 울리는감정
을 건드리는 지점이라는 뜻이다.

참여자와 만나는 지점

경험이 진행되는 일련의 과정 속에서는 경험이 참여자의 지
각과 만나게 되는 지점들이 발생한다. 앞선 내용을 빌려오자면
접점은 달의 앞면에 해당하고, 텔링전달이 이루어지는 채널에
해당한다. 웨스 앤더슨 전의 경우 참여자가 전시를 알게 되는
지점, 티켓팅이 이루어지는 지점, 전시에 입장하여 관람하는 과
정, 퇴장하는 지점 등을 터치 포인트라고 볼 수 있다. 이 지점들
중 위의 간지와 유사한 부분들이 생길 수 있으나 완전히 동일하
게 생각할 수는 없다. 터치 포인트가 아닌 간지도 존재하기 때
문이다. 웨스 앤더슨 전의 경우 티켓팅이 이루어지는 접점에서
비행기 티켓과 같이 디자인된 종이를 사용함으로써 여행이라는
지향점을 참여자에게 전달할 수 있었다. 그러나 모든 간지구역이
바뀌는 지점에서 참여자에게 직접적으로 닿는 것은 아니었다.

참여자를 울리는 지점

이 지점은 참여자를 엉엉 울게 만드는 것만을 이야기하지 않는다. 참여자가 감동을 받거나, 인상 깊게 느끼거나, 흥미를 유발하거나, 말 그대로 참여자를 '건드리는' 지점이다. 이 부분은 기획자가 의도하여 구성하기도 하지만 기획자의 의도와 다르게 참여자 스스로가 결정하기도 한다. 어떤 참여자가 어떤 부분에서 감명을 받을지는 기획자가 완벽히 통제할 수 있는 영역이 아니기 때문이다. 오히려 이 때문에 고객은 '참여자'가 되는 것이고, 함께 경험을 만들어 간다고 할 수 있는 것이다. 참여자를 울리는 지점이라는 의미의 접점은 완벽하게 통제할 수는 없으나, 기획자라면 최대한 많은 가능성들을 예상해두어야 한다. 그리고 유도할 수 있어야 한다.

위 두 접점을 효과적으로 제시하기 위해서는 극한의 감수성이 필수적이다. 참여자에게 공감을 잘하는 수준을 넘어 나 스스로 참여자가 될 수 있어야 한다. '내가 참여자라면 이것을 어떻게 느낄까?'라는 질문을 수없이 반복하자.

극한의 감수성을 추구하다 보면 대개 아래와 같은 피드백을 만나게 된다.

"그렇게까지 한다고?"

그렇다면 성공적으로 참여자들의 후보군에 공감하고 있는 것이라고 여겨도 좋다. 인간은 보통 자신 이외의 존재를 염두에 두지 않는다. 모든 경우의 수를 고려하는 것은 뇌를 피곤하게 만들기 때문이다. 피곤하기 때문에 '안' 하는 것이 아니라 뇌의 작동원리상 '불가능'하다. 두 다리가 멀쩡한 비장애인은 휠체어를 탄 사람이 길에서 마주하게 되는 불편함을 알 수 없다. 그것은 그 사람이 비윤리적이거나 이기적인 사람이라서가 아니다. 휠체어를 타고 출근해 본 적이 없기 때문이다. 결코 당연하다고 할 수는 없지만, 어찌 보면 자연스럽다고 할 수 있다.

그러나 당신이 제공하는 경험의 참여자가 누가 될지는 아무도 알 수 없다. 그러니 기획자라면 리스크에 대해서는 최대한 보수적으로 생각해야 한다. 당신이 제공하는 경험의 참여자는 다리가 불편할 수도, 시력이 좋지 않을 수도, 청력에 이상이 있을 수도 있는 법이다. 보수적인 관점에서 기획하고 리스크를 검토한 뒤, 그럼에도 불구하고 참여시키기 어렵다고 판단된다면 그때 후보에서 지우는 것이다.

영상매체를 기획함에 있어 시각장애인은 배제할 수밖에 없다고 생각하는가? 화면 해설 방송은 '우리 콘텐츠에 참여하는 사람이 앞을 볼 수 없다면?'이라는 보수적인 관점에서 탄생할 수 있었다. '걷기 축제'에 걸을 수 없는 사람은 참여할 수 없는 것이 당연하다고 여겨지는가? 시흥시에서 열린 '시흥 블루웨이 걷기여행'의 프로그램 중 '누구나 즐거운 바닷길 산책'이라는 프로그램이 있었다. 이 프로그램은 "장애인과 비장애인이 함께 즐기는 걷기여행"이라는 슬로건을 걸고 진행되었다. 배리어 프리 barrier free 는 '당연한 것은 없다'는 관점에서 출발한다.

이전 글이 경험의 초장을 기획하는 글이었다면, 이번 글은 경험의 사이사이, 간장間場 에 대한 글이 되었다. 글의 초두에서 언급한 것과 같이 모든 경험에 적용할 수 있는 일반론은 없다. 그런 의미에서 기획자에게 만능간장은 존재할 수 없다. 기획자라면 자신이 하는 요리에 맞춰, 자신이 초대할 손님에 맞춰 그때그때 다른 조미료를 선택해야 한다.

그러나 요리에도 대원칙은 존재하는 법이다. 어려운 순간 가장 빛을 발하는 것은 탄탄한 기본기다. 만능간장에 기대기만 해서는 재료 본연의 맛을 살리기 어렵다. 재료 본연의 맛을 살릴 수 있는 기획자가 된 다음에야, 만능간장 역시 진정으로 빛을 발하도록 사용할 수 있을 것이다.

05
쿨한 이별에
재회는 없다

경험의 끝에서는
준비된 마무리를 선물하자

뜨겁게 사랑한 경험이 있는가? 그렇다면 그 사람과 여전히
행복하게 지내고 있는가? 당신이 참여자에게 제공하는 경험 역
시 참여자와 뜨거운 관계를 맺는다. 그러나 그 순간은 영원하지
만은 않다. 대부분의 경험은 참여자와 이별하는 순간을 맞이한
다. 황동규 시인은 사랑이 그치는 순간을 기다리며 기다림의 자
세를 생각했다고 한다.〈즐거운 편지〉 중에서 경험의 제공자인 당신도
경험과 참여자의 관계가 끝맺음되는 순간을 대비해야 한다.

앞서 첫인상의 중요성을 강조하며 초두효과라는 기억의 원리
를 언급한 적이 있다.관련 글: 초장을 잘 쓰는 기획자 기억의 작동원리

중에는 초두효과와 대비되는 또 다른 강력한 효과가 있다. 이번에 소개할 뇌의 작동원리는 최신효과最新效果, recency effect 이다. 가장 최근의 것이 가장 기억하기 쉽다는 것이다. 일련의 사건 과정이 있다면, 인간은 가장 처음과 가장 끝 부분을 제일 쉽게 기억한다.

역시나 복잡한 심화과정까지 알 필요는 없다. 기억해야 할 것은 '일련의 사건 과정'이라는 표현이다. 참여자가 경험이 끝났다고 느끼는 지점까지가 한 묶음으로 묶인다. 그 지점까지가 'OO한 경험'이라는 하나의 조각이 되는 것이다. 그리고 그 조각 중에서도 처음과 끝 부분이 가장 쉽게 기억된다. 그러니 처음만큼 끝맺음도 중요하다. 끝인상 역시 첫인상 못지않게 강력한 것이다.

끝맺음을 어떻게 하는가는 일련의 경험 조각이 최종적으로 어떻게 기억될 것인가를 결정한다. 행복하기만 했던 연애일지라도 잠수 이별로 끝이 맺어졌다면 최악의 경험으로 전락해버리기도 한다. 기획자에게는 무시무시한 일이다. 애써 준비한 경험의 과정 내 참여자가 충분히 즐거웠음에도 단 한순간의 실수로 망쳐버릴 수 있다는 뜻이기 때문이다. 심지어 반대의 경우는 성립하지 않는다. 아무리 매너 있고 세련된 이별이더라도 경험 자체가 좋지 못했다면 아름다운 기억으로 남기는 어렵다. 잘 준비된 끝맺음은 경험이 진행되는 과정 동안 산발적으로 펼쳐진 기억과 정서를 정리 정돈해 준다. 기획자의 의도대로 마무리를 하기 위해서는 확실하게 결정해야만 한다.

붙잡을 것인가, 놓아줄 것인가

무조건 붙잡는 것만이 답은 아닐 수 있다. 쿨하게 놓아주는 것 역시 언제나 옳다고 할 수는 없다. 앞선 장에서와 마찬가지로 모든 경우에 적용할 수 있는 정답은 없다. 저마다의 환경에서 자신이 제공하는 경험의 성격에 따라 지향해야 하는 바가 달라질 것이다. 경험의 성격에 따라 참여자의 성향 역시 달라지기 때문이다. 누군가는 질척거리는 이별이 질색일 수 있다. 반면 누군가는 한 번쯤 잡아주길 바랄 수도 있다. 당신이 제공하는 경험은 어디에 속하는가?

반복되거나 유지되는 경험

당신이 제공하는 경험의 성격이 참여자로 하여금 반복적으로 참여해야 하거나 지속적으로 경험을 유지해야 하는 경우일 수 있다. 공간을 운영하거나, 구독 서비스를 운영하는 경우가 대표적이다.

"이제는 우리가 헤어져야 할 시간~ ♪"

지금은 쿠팡프레시, 마켓컬리 등 온라인으로 얼마든지 장을 볼 수 있다. 하지만 여전히 오프라인 대형마트에 방문해서 직접 눈으로 보고 손으로 만져보며 물건을 고르는 것을 선호하는 고객층이 있다. 그들에게는 위 가사를 보면 머릿속에서 자동 재생되는 멜로디가 있다. 뒷부분의 가사는 "다음에 또 만나요"이다. 이 노래는 놀이공원, 마트, 백화점 할 것 없이 주변에서 흔하게 들을 수 있었다. 핵심은 '또 만나자'라는 것이다. 우리의 서비스는 일회성이 아니며, 언제든 당신이 원하면 다시 만날 의사가 있고, 언제든 준비되어 있을 것이라고 외치는 것이다. 가사만 봐도 머릿속에 자동 재생될 정도로 귀에 때려 박는 것이다.

당신이 파는 경험이 이와 같은 성격이라면, 경험의 끝자락에서는 '또 만나자'는 의미를 확실하게 전달할 필요가 있다. 동시에 참여자들이 다시, 혹은 계속해서 당신의 경험을 선택할 이유를 만들어주어야 한다. 그것은 가격 경쟁력이 될 수도, 뛰어난 경험의 질이 될 수도 있다. 어쩌면 가장 강력한 어필은 합리적인 선택을 도와주는 이성과 논리가 아니라, '왠지 이게 좋더라'와 같이 감성과 친밀감이 될 수도 있다.

일회성으로 끝나는 경험

당신이 제공하는 경험이 일회적인 성격이 강하다면 또 만나자와 같은 어필은 무의미할 수 있다. 당신이 이벤트, 사용 기간이 긴 가구와 같은 상품, 브랜디드 콘텐츠와 관련된 경험을 팔고 있다면 여기에 해당할 확률이 높다. 이 경우에 해당한다면 참여자들에게 재구매 의사를 남기는 것보다 긍정적인 기억과 정서를 남기는 것이 더 중요하다.

앞서 설정했던 경험의 기저선에 따라 어떤 기억과 어떤 정서를 남겨줄 것인지 결정해야 한다. 잠시 복습을 하자면, 참여자는 경험의 모든 과정을 기억하지 않는다. 자극을 원하지만 지나친 자극은 싫어할 수 있다. 이와 같은 것들을 모두 고려해 보면, 경험의 최종 목표는 결국 '참여자와 관계를 맺는 것'이다. 관계를 맺을 때에는 특히나 감성과 친밀감이 더욱 중요해진다. 이와 같은 경험은 궁극적으로 당신의 브랜드가 되기 때문이다.

사실 완벽하게 일회성으로 끝나는 경험은 많지 않을 것이다. 보통은 계속해서 브랜드를 운영해나가거나, 축제 이벤트의 경우 내년을 기약하기도 한다. 이러한 경험들은 주기적으로 반복되는 경험에 비해 참여자와의 다음 접점까지의 거리가 시간적으로 멀리 있다. 따라서 그 거리를 좁혀주거나, 기억하기 쉽도록 하는 것도 방법이 될 수 있다.

애플이 사용하던 아이폰을 가져오면 다른 애플 기기를 살 수 있도록 포인트로 환급해 주는 것도 그런 시도 중 하나로 볼 수 있다. 스타벅스는 매장 방문 시에 별을 채워주며 다음 방문을 유도한다. 이를 통해 1회성으로 끝나야 했을 참여자의 매장 이용 경험을 별을 모으는 과정 중 하나로 탈바꿈시킬 수 있었다.

경험에는 완벽히
동일한 재회란 없다

연인과의 연애 경험과 이별 과정을 빗대어 경험 설계의 끝맺음에 대해 적어내려 갔다면 연인의 이별과 경험의 이별은 결정적인 차이가 존재한다는 것을 알 수 있다. 경험과의 이별에는 재회란 없다는 점이다.

제1회 〈신촌물총축제〉에 참여한 참여자에게 다음 해 여름의 제2회 〈신촌물총축제〉는 재회가 아니다. 완전히 새로운 두 번째 경험이다. 스타벅스의 별과 같이 이것을 연속선상으로 인지하도록 할 수도 있지만, 참여자 입장에서 매번의 만남은 새로운 시작에 가깝다. 특히 기획자의 입장에서는 유사한 경험을 조금 색다르게 설계하는 정도로 여기게 되는 것을 주의해야 한다.

앞선 경험이 다음 경험에 대한 기대감을 줄 수는 있지만 앞선 경험의 만족감이 두 번째 경험의 만족감을 만들어주지는 못한다. 따라서 반복되는 경험일수록 단순히 현상을 유지하는 것으로는 부족하다. 2회 차 축제는 작년보다 더 신나고 즐거워야 한다. 그래야 3회 차에도 참여할 마음이 생긴다.

물론, 다른 전략도 시도해 볼 수 있다. 매번의 경험을 아주 동일하게 제공하도록 노력하는 것이다. 스타벅스가 이러한 전략을 아주 훌륭하게 구사하고 있다. 우리는 무언가 새롭거나 대단한 서비스를 기대하고 스타벅스를 찾지 않는다. 스타벅스는 어느 매장을 가도 어느 수준 이상 깨끗하고, 콘센트를 찾아 헤매지 않아도 되고, 어느 수준 이상의 커피맛을 보장한다. 우리가 스타벅스를 찾는 이유는 늘 비슷한 수준에서 양질의 경험을 제공할 것이라고 기대하기 때문이다. 이처럼, 제공하고자 하는 경험에 따라 솔루션은 천차만별이 될 수 있다.

이별할 때 좀 더 쿨하게, 미련없이 돌아설 수 있는 쪽은 해줄

만큼 다 해준 쪽이다. 관계를 유지하기 위해, 혹은 관계를 더 좋게 만들기 위해 할 수 있는 노력을 다하고 매 순간 진심을 다한 사람은 미련 없이 돌아설 수 있다. 오히려 못 해준 게 많이 떠오르는 사람일수록 관계를 쉽게 끊어내지 못하고 매달리게 된다. 참여자가 매달리는 경험을 만들고 싶다면, 매 순간 참여자에게 진심을 다해야 한다.

06

영화는 엔딩크레딧에서
끝나지 않는다

애프터케어도
경험의 일부다

영화의 끝은 어디일까. 크레딧이 올라가기 전 시나리오의 종료가 영화의 끝일까? 크레딧과 쿠키영상까지 끝나야 영화가 끝나는 것일까? 앞서 이야기 한 내용들을 적용하여, 경험의 관점에서 영화라는 경험을 살펴보자. 참여자소비자 는 어떤 영화를 볼지 선택한다. 영화관에 간다면 사전에 예약을 할 수도 있다. 누군가와 함께 볼지, 혼자 집에서 OTT로 볼지에 따라 영화 관람 시간은 완전히 다른 경험이 될 수 있다.

집에서 따뜻한 코코아를 마시며 잔잔한 영화를 볼 수도 있고, 영화관에서 콜라를 마시며 박진감 넘치는 액션을 볼 수도 있다.

이내 영상이 종료된다. 그리고 여기서부터는 참여자 저마다 다른 방식의 경험이 시작된다. 여운을 즐기는 방식이다.

준비된 경험의 과정이 끝나고 난 후

참여자 경험의 시작은 기획자 입장에서 경험의 시작점보다 앞서 있다. 관련 글: 초장을 잘 쓰는 기획자 우리는 인간중심의 경험 설계를 위해 계속해서 기획자 입장에서의 경험과 참여자 입장에서의 경험을 나누어 생각하고 있다. 기획자의 시각에서만 경험을 기획한다면 놓치게 되는 틈새가 발생하기 때문이다. 당신이 영화제작자라면 참여자가 어떤 과정을 통해 영화를 예매하고, 어디서 누구와 영화를 볼 것이며, 영화를 본 이후에 대해서는 생각할 필요가 없다. 그저 영화만 잘 만들면 되는 것이다. 그러나 기획자인 우리는 영화 관람이라는 경험의 전반을 고려할 수 있어야 한다.

최근 감상한 영화 중 가장 좋았던 경험을 떠올려보자. 좋은 영화라는 느낌을 받았다면, 참여자는 자연스레 여운을 즐기기 위한 행동에 나선다. 같이 본 친구와 좋았던 부분을 공유할 수 있고, 영화를 보지 않은 지인들에게 영화를 추천해 주기도 하고, 조용히 다이어리에 감상평을 적어보기도 한다. 마음을 충전하는 휴식시간에 영화를 다시 감상할 수도 있다. 이렇게 여운을 즐기는 과정까지가 해당 영화가 선사하는 경험의 완성이라고 할 수 있다.

바로 이 지점에서 UX 디자이너, 전시 기획자, 서비스 기획자 등 세분화된 분야의 기획과, 좀 더 포괄적인 의미의 인간경험HX 기획이 나누어진다. 경험의 관점에서는 전시나 영화를 본 뒤, 함께 관람한 이와 감상을 나누는 것까지를 콘텐츠를 소비한 경험으로 간주한다.

전시 관람 이후 들를 수 있는 굿즈 상점에서는 단순히 판매만 이루어지는 것이 아니다. 자신의 전시 관람 경험에 대한 회상도 함께 이루어진다. 인간중심으로 경험을 설계하고 싶다면 이런 점을 반드시 고려해야 한다. 영화 관람 '경험'을 기획하고 싶다면 쿠키 영상으로 다음 편을 기약하는 것을 넘어, 후기를 모으고 감상평을 나눌 수 있는 공간을 구성해 주어야 한다. 이러한 노력들이 결국 총체적인 경험의 질을 높여줄 수 있기 때문이다.

바이럴 시킬 것인가, 간직하게 할 것인가

참여자가 여운을 즐기는 과정에서는 주변 지인들에게 입소문을 낼 수도, 자신만 소중하게 간직하고 싶을 수도 있다. 기획자는 팔고자 하는 경험의 성격에 따라 여운을 즐기는 방식을 유도할 수 있다. 물론, 선택은 참여자의 몫이다. 특히 경험 이후 여운을 즐기는 방식은 경험의 성격보다는 참여자의 성향의 영향을 많이 받는다. 따라서 이 부분은 양자택일이 필요한 부분이라기보다, 염두에 두는 정도로 충분하다. 중요한 것은 참여자가 어떤 선택을 하든 존중할 수 있도록 하는 것이다. 바이럴을 유도하기 위해 인스타그램 이벤트를 강요하는 것은 오히려 경험의 질을 낮추는 결과를 불러올 수 있다. 관련 글: 인스타그램 공유 이벤트의 무용함

사진 전시 〈우연히, 웨스 앤더슨〉에서는 전시장 내부에서 사진 촬영을 허용했다. 단순히 허용하는 것을 넘어 입장 안내 시 사진 촬영이 가능함을 안내했다. 이로 인해 사진을 찍을 마음이 없었던 관람객에게도 '마음껏 사진을 찍어도 되는 전시'라는 인식을 심어주게 된다. 전시장 내부는 힙한 인증사진을 남기기 위해 사진을 찍는 사람으로 즐비하다. 인기 있는 작품 앞에서는 차례대로 인증샷을 남기기 위해 줄을 서서 기다리기도 한다. 이

렇게 많은 사람들에게 촬영된 많은 사진은 SNS을 떠돌며 수많은 바이럴 콘텐츠를 생산했다. 덕분에 전시는 대단한 홍보효과를 누릴 수 있었다. 아마 이 점을 노리고 사진 촬영이 가능함을 사전에 안내하는 전략을 사용했을 것이다.

그러나 전시회에서 기념사진을 남기기보다는 전시 자체를 즐기고 싶은 관람객에게는 이것이 치명적인 페인 포인트pain point가 될 수 있다. 작품을 가까이서 감상하다 보면 다른 사람의 촬영 앵글에 들어서게 된다. 사진 찍는데 방해되니 비키라고 하는 몰상식한 사람은 거의 없겠지만, 감상 외에 신경 써야 할 것이 늘어난 셈이다.

또한 사진 촬영을 하느라 동선이 원활하게 흘러가지 않는 상황이 발생한다. 사방에서는 셔터음이 들리기도 한다. 이러한 요소들은 경험의 질적인 만족도를 떨어뜨릴 수 있다. 홍보효과와 맞바꾼 손실이다. 아마도 웨스 앤더슨이라는 전시의 성격 상, 깊은 감상보다는 바이럴에 중점을 두는 것이 좋다고 판단한 결과일 것이다. 이처럼 경험 설계는 정답이 존재하기 보다는 상성을 고려해야 하는 영역이다. 그렇기 때문에 자신의 경험이 어떤 성격인지 파악하는 것이 무엇보다 중요하다.

여기까지, 경험의 시작과 끝까지를 기획하기 위한 일반론을 살펴보았다. 무엇보다 중요한 것은 철저히 참여자 중심으로 생각하는 것이다. 기획자라고 해서 참여자와 만나는 접점만 기획해서는 부족하다. 인간 중심으로 경험 설계가 이루어지기 위해서는 참여자도 인간이라는 사실을 항상 기억해야 한다. 인간은 연속된 시간을 살아간다. 정해진 프로그램처럼 시작과 끝이 정해져 있지 않다. 경험을 파는 기획자라면 그 시간 속, 참여자의 삶 속으로 어떻게 들어가고 어떻게 빠져나올 것인지 생각해야 한다. 그것이 당신의 역할이다.

이상의 내용은 어디까지나 일반론이다. 개별 사례에 대한 답은 당신이 가지고 있다. 당신이 팔고자 하는 경험은 당신이 가장 깊게 고민했을 것이고 가장 잘 알고 있을 것이기 때문이다. 지금까지의 글은 탁상공론에 불과할 수도 있다. 글은 탁상에서 쓰이지만, 기획은 현장에서 이루어지기 때문이다. 그러나 조금은 유용한 공론이 되기 위해, 다음 파트부터는 경험의 유형별로 고려할 점을 살펴보고자 한다.

PART 5
디자인된 경험들

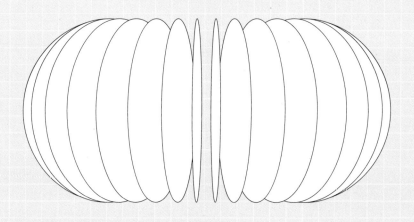

01
가랑비처럼 적시는
온라인 콘텐츠

인간중심 경험디자인^{HX} 유형별 특징:
온라인 및 콘텐츠 편

손자병법에는 지피지기^{知彼知己} 라는 말이 등장한다. 적을 알고 나를 아는 것이 병법의 기본이다. 적이 어떤 상황인지, 나의 전력은 어느 정도인지, 전장의 특징은 어떤지, 형세는 어떤지 알아야 그에 맞는 전략을 짤 수 있는 법이다. 어디에나 동일하게 통하는 필승전략은 없다. 기획도 마찬가지다. 언제 어디서나 사용할 수 있는 요령은 없다. 이번 장부터는 실제 HX 관점에서 기획을 할 때, 각 분야의 유형별 특징을 살펴보고 어떤 점을 고려해야 하는지 짚어보려 한다. 병법으로 치면 전장과 형세를 살피는 일이다. 첫 번째 대상은 온라인 및 콘텐츠 경험이다.

온라인 경험과 콘텐츠 경험의 가장 큰 특징은 비대면이라는 점이다. 당신이 제공하는 경험이 온라인 상에서 이루어진다면 당신은 참여자를 직접 만날 수 없다. 참여자는 각기 다른 환경에서 당신이 파는 경험을 만나게 된다. 반면, 당신의 경험은 대개 고정되어 있다. 한 번 발행한 유튜브 영상은 수정하기 쉽지 않으며, 수정한다 해도 수정 이전에 경험을 마친 사람의 기억까지 고칠 수는 없다. 온라인에서 제공되는 서비스 역시 마찬가지다. 따라서 이 유형의 경험은 기획자가 통제할 수 있는 부분이 적고, 참여자의 삶 속으로 침투하는 정도가 얕을 수밖에 없다.

이러한 단점을 보완하기 위해 인터랙티브 콘텐츠Interactive Contents가 유행처럼 번진 적이 있다. 참여자의 상태에 따라 노출 형태를 변경하거나, 참여자의 선택에 따라 결말을 달리하는 방식이다. 그러나 이 역시 오프라인에 비하면 제한적일 수밖에 없다. 지금은 기본이 된 반응형 웹 노출 형태[21] 역시 순서나 레이아웃을 조정한 것에 불과하며, 참여자의 신택지에 따라 결말을 달리하더라도 결국 정해진 반응을 순서대로 보여주는 것에 불

---

21 같은 내용의 페이지더라도 접속한 기기에 따라 형태를 달리하여 노출시켜 주는 방식. 같은 페이지더라도 PC 화면과 모바일 화면에서 폰트 크기와 버튼의 배치가 다른 것 등을 말한다.

과하다.

기획자는 참여자가 경험에 참여하는 시간과 공간을 통제할 수 없다. 어떤 참여자는 불 꺼진 어두운 방에서 TV를 통해 당신의 콘텐츠를 접할 수 있고, 어떤 참여자는 밝은 대낮 야외에서 모바일을 통해 콘텐츠를 접하게 될 수도 있다. 콘텐츠가 같은 내용을 담고 있더라도 각각의 참여자에게는 다른 느낌으로 받아들여질 수 있음을 염두에 두어야 한다.

또한, 온라인과 콘텐츠 경험은 디스플레이가 있는 특정한 기기를 매개로 한다. 대부분은 휴대폰, 태블릿, PC 중 하나다. 이에 따라 전달할 수 있는 감각은 시각과 청각뿐이다. 반응형 콘텐츠라면 어떤 매체를 사용하든 치명적인 차이는 줄일 수 있겠으나, 각각의 참여자는 각기 다른 경험을 하게 될 확률이 높다.

인지심리학에는 체화된 인지Embodied cognition 라는 개념이 있다. 이 이론에 따르면 신체 감각은 인지과정에 영향을 미칠 수 있다. 같은 내용의 자기소개서를 읽더라도, 머그잔에 담긴 따뜻한 커피를 마시며 읽을 때와 차가운 캔에 담긴 콜라를 마시며 읽을 때 지원자에 대한 인상이 다르게 형성될 수 있다. 손과 혀에 닿는 머그컵의 온기, 커피의 쓸쓸함이 주는 인상과 차가운 캔과 콜라의 청량감이 주는 인상이 눈으로 읽고 있는 자기소개서의 인상에 영향을 미치는 것이다.

같은 콘텐츠라도 사람마다 다르게 인식될 수 있으며, 심지어 같은 사람일지라도 어떤 환경에서 콘텐츠를 접하는가에 따라 다르게 인식될 여지가 있다. 온라인 및 콘텐츠 경험은 통제할 수 있는 영역이 극히 제한적이기 때문에 그 내용에 더욱 신경 써야 한다. 전달 방식, 전달 순서, 전체 과정의 분량 등 콘텐츠 자체에 내포되는 요인이 가지는 힘이 크기 때문이다.

온라인 및 콘텐츠 경험은 가장 약하지만 가장 쉽고 잦은 가랑비와 같다. 참여자에게 행사할 수 있는 경험의 강도가 약할 수 있으나, 그만큼 비용이 저렴하다. 그래서인지 질보다 양으로 승부하는 경우가 많다. 더 자주 노출시킬 수 있고 더 높은 빈도로 참여자와 만날 수 있기 때문이다. 물론, 가랑비로도 옷은 적실 수 있다.

오프라인의 디지털화가 그 어느 때보다 빠르게 이루어지는 시대다. 온라인 경험과 콘텐츠 역시 감당할 수 없을 만큼 쏟아져내린다. 오프라인이 가지는 매력이 분명히 있지만, 온라인 경험의 특징에 대해서도 반드시 알아야 하는 시대가 되었다. 기존의 기획에서는 온/오프라인의 경계가 명확했으나, 앞으로는 온/오프라인의 전환이 필요한, 그리고 가능한 영역이 늘어날 것이다.

코로나 바이러스라는 2년간의 역병은 수많은 오프라인 기획자가 온라인 기획을 하도록 만들었다. 머지않아 온라인 기획자가 오프라인 기획을 해야 하는 상황도 펼쳐질 것이다. 언제나 그래 왔듯, 기획자는 영역을 넘나드는 제너럴리스트가 될 수 있어야 한다.

02
존재감을 숨기는
서비스

인간중심 경험디자인HX 유형별 특징:
서비스 기획 편

경험을 제공하는 것과 서비스를 제공하는 것은 다르다. 경험은 기획자가 제공하는 상품, 서비스, 콘텐츠 등에서 참여자가 보고 듣고 느끼는 모든 것의 집합이라고 할 수 있다. 그러나 서비스는 고객이 가진 문제를 해결하기 위한 과정이다. 서비스 역시 고객에게 경험되지만, 모든 경험이 서비스 형태로 이루어지는 것은 아니다. 서비스 경험의 가장 큰 특징은 문제 해결이 중심이라는 점이다. 이 점에서 좋은 서비스는 좋은 경험과 완전히 반대의 길을 갈 수도 있다.

좋은 서비스를 설계하고자 할 경우, 좋은 경험을 만드는 것보다 경험을 없애버리는 편이 나은 선택인 경우도 존재한다. 이사 청소 서비스는 고객에게 더 나은 청소 경험을 제공하지 않는다. 고객 대신 청소를 진행하여 고객의 청소 경험을 소멸시킨다. 고객이 추가로 청소를 할 필요가 없을 때, 즉 고객이 참여자가 될 필요가 없을수록 더 좋은 서비스가 될 수 있다.

디지털 맵은 더 나은 길 찾기 경험을 제공하기 위해 지도에서 제공할 수 있는 모든 정보를 전부 제공하지 않는다. 대신 지금 당장 가야 할 방향을 표시하는 기능만을 남겼다. 교육 서비스의 궁극적인 목표는 멘토가 없이도 멘티가 홀로 설 수 있도록 하는 것이다. 세상에는 사라지는 것을 지향해야 할 서비스들이 존재한다. 관련 글: 지도는 사라질 수 있을까?

그렇다고 해서 서비스 영역에는 경험 설계가 필요치 않다는 것은 아니다. 이것은 고객이 문제 해결 과정에 참여하고 싶어 하는지에 따라 나뉜다. 경험이 상품이 되는 경험 경제에서는 소비자를 참여자로 맞이한다. 고객은 수동적으로 소비하던 존재에서, 능동적으로 경험에 참여하는 주체가 된다. 서비스를 통해 대상 고객이 얻고자 하는 것이 시간 절약, 노동력 절약 등이라면, 위와 같이 사라지는 것을 지향하는 게 최선일 수 있다. 그러나 고객이 문제 해결 과정에 참여하고 싶어 하는 경우도 많다.

원데이 클래스와 같이 배우는 경험 자체가 목적이 될 경우, 도 슨트와 같이 과정을 즐기는 것 자체가 서비스의 목적인 경우 등이 그러하다.

플랫폼 서비스의 경우 두 가지 방향성을 모두 충족시키기 위해 노력한다. 소비자들이 직접 다른 사람을 찾아 나서는 경험을 최소화하여 편하게 만날 수 있도록 중개한다. 동시에, 플랫폼 내에서 이루어지는 만남이 더 좋은 경험이 될 수 있도록 매니징한다. 양방향의 지향성을 모두 추구해야 하기 때문에 플랫폼 사업에서의 경험 설계는 특히 까다로울 수 있다.

자신이 제공하고자 하는 서비스의 본질에 따라 취해야 할 방향성이 달라질 수 있다. 무궁화호를 운영하고 있는 기획자가 '신속한 이동'이라는 서비스에 비중을 둔다면 KTX를 지향하는 것이 좋다. 그 결과 고객이 기차에 머무는 시간은 짧아질 것이며, 경험의 관점에서는 경험이 줄어든 셈이 된다. 그러나 '행복한 이동 경험'에 비중을 둔다면 체류 시간은 오히려 길어져도 된다. 그러나 체류 시간 동안 더 편리하거나, 인상적인 경험을 제공해 주어야 할 것이다. 온 가족이 함께할 수 있는 온돌객실^{서해} 금빛열차과 같은 경험은 체류 시간을 늘리지만 더 풍부한 경험을 만들어준다.

콘텐츠 경험과 달리, 서비스 경험에는 막다른 길이 존재한다. 당신이 기획하는 서비스가 경험을 '제공'하는 쪽으로 초점을 맞추었다면, 반드시 막다른 길에 대해 다뤄주어야 한다. 막다른 길이란 고객이 원치 않았지만 마주하게 되는 결과물이다. 주문하지 않은 음식이 서빙되거나, 연결이 깨진 링크에 접속하는 등의 경우다. 참여자는 능동적으로 행동하기 때문에, 기획자가 예상치 못한 부분에서 준비되지 않은 상황을 유발할 수 있다. 또한 서비스가 일관적으로 작동할 수 있는 시스템이 미비된 경우에 이런 사고가 발생한다.

참여자가 막다른 길을 만나지 않도록 하는 최대한의 노력은 당연하지만, 100% 예방은 불가능하다. 그러나 너무 걱정할 필요는 없다. 막다른 길에서의 센스 있는 대처는 오히려 경험의 질을 높여주는 기회가 될 수 있기 때문이다. 아무 일도 없이 맛있게 식사를 마치고 나온 식당보다, 클레임에 훌륭하게 대처한 식당이 더욱 인상적일 수 있다. 온라인 서비스의 경우 UX 라이팅이 이러한 역할을 훌륭하게 소화하고 있다.

막다른 길은 앞으로 나올 공간 경험과 이벤트 경험에도 존재한다. 참여자의 성향에 따라 경험의 질에 대한 평가는 최고점이 아닌 최저점에 의해 결정되는 경우도 많다. 가장 좋았던 경험보다 가장 나쁜 일이 없었던 경험을 선호하는 사람도 있다. 따라서 모든 글에서 강조한 것과 같이, 경험의 대상이 될 타깃 참여자에 대해 깊숙이 이해해야만 한다. 당신이 만들고자 하는 서비스는 어떤 경험을 지향하는가?

03
집밥의 맛을
내는 공간

집밥의 표면적 의미는 '집에서 먹는 밥'이다. 혹은 집에서 해 먹는 음식이라는 뜻도 될 수 있다. 그러나 집밥이라는 단어에는 분명 home food 이상의 의미가 담겨있다. 집에서 먹는 모든 밥을 집밥이라고 부르기는 어쩐지 개운치 못하다. 1인 가구일 경우 특히 그렇다. '어머니의 집밥'이라면 어떨까? 조금 더 집밥스러운 위치에 자리한 느낌이다. 집밥은 단순히 음식만을 말하는 것이 아니다. 일종의 관용표현으로 봐야 한다. 집이라는 공간이 주는 편안함과 포근함이 내포되어 있다. 타지에 나가 고생하는 우리 딸, 우리 아들 밥이라도 든든히 먹여야 한다는 어머니의 마음이다. 공간을 기획할 때는 집밥을 떠올려보자.

공간은 앞선 온라인 콘텐츠, 서비스보다 직접적으로 피부에 와닿는 경험이다. 오감을 모두 자극시키기 때문이다. 아름다운 크리스마스 장식, 빵 굽는 냄새, 흥겨운 캐럴, 달콤한 초콜릿, 푹신한 소파. 연말에 베이커리 카페에서 할 수 있는 오감만족이다. 이에 따라 기획 단계에서도 세심하게 신경 써야 할 것들이 많아진다. 공간 비주얼 연출을 위한 소품, 룸 스프레이나 디퓨저, 배경에 깔릴 음악, 식음료, 가구나 사무용품 모두 하나하나 결정이 필요하다. 대신 그만큼 다채로운 기획이 가능하다는 뜻이다. 모든 공간 기획이 오감을 다 자극시키는 것은 아니지만, 대부분의 참여자는 공간에서 오감을 다 경험하게 된다.

그러나 오감을 만족시키는 것만 생각해서는 어딘가 부족하다. 훌륭한 조미료와 메뉴 선정이 집밥의 전부가 아닌 것과 같다. 공간이 주는 다른 여러 감삭들이 있다. 격리감, 개방감, 포근함… 이러한 감각을 종합적으로는 분위기라고 부를 수 있다.

공간은 다섯 가지 감각을 자극함과 함께 어떤 특유의 분위기를 가진다. 그것은 공간의 향에 의해 좌우되기도 하고, 공간의 소재가 주는 촉감에 의해 좌우되기도 한다. 하지만 때로는 오감이 아닌 다른 감각에 의해 좌우되는 경우도 있다. 격리감의 경우 위치의 영향을 받는다. 평소에 다니던 공간이 아닌 낯선 곳일 경우 신선한 느낌을 받을 수 있고, 늘 보던 것과 비슷한 공간인데 딱 한 두 가지 요소가 다르다면 이질감을 느낄 수 있다. 공간이 줄 수 있는 감각의 집합체인 분위기는 참여자의 경험에 지대한 영향을 미친다. 참고 글: 오징어 게임을 섬에서 진행해야 했던 이유

공간의 분위기에 영향을 미치는 요소 중, 기획자가 통제하기 매우 어려운 요소가 있다. 바로 '사람'이다. 화장실과 같이 극도로 개인적인 공간이 아닌 이상 기획자가 기획하는 대부분의 공간은 여러 사람이 동시에 참여자로 존재하게 된다. 그리고 타인의 존재는 공간의 분위기를 크게 좌우할 수 있다. 시끄럽게 떠드는 사람, 조용히 책을 읽는 사람, 회의를 하고 있는 무리 등은 자연스럽게 공간의 일부로 녹아들기 때문이다. 공간의 일부로 녹아든 타인은 각각의 참여자 경험의 일부로 편입된다.

각각의 참여자는 모두 경험을 만들어가는 주체이므로 이들을 완벽하게 통제하는 것은 불가능하다. 오히려 완벽하게 통제하려는 시도가 모두의 경험을 망칠 수 있다. 한 때 SNS에서 화제가 된 카페가 있었다. 카페에는 'No Study, No kids, No pet, No laptop, No work'라는 안내문이 붙어있었다고 한다. 다른 사람에게 피해를 주거나 자리를 오래 차지하고 있는 것을 방지

하기 위해 공부도, 업무도, 노트북도, 반려동물도, 아이도 금지한다는 것이다. 사람들의 반응은 "No 방문"이었다.

공간을 기획할 때는 항상 다른 참여자라는 변수를 염두에 두어야 한다. 완벽히 통제할 수는 없어도 유도는 할 수 있기 때문이다. 고양이는 생선가게에, 참새는 방앗간에 가고 싶어 한다. 당신이 만드는 공간에 오고 싶어 하는 사람들은 어떠한 공통점을 가지고 있는 사람들이다. 그것이 느슨한 공통점일지, 강력한 공통점일지는 공간의 내용에 따라 달라질 것이다.

공간은 인터랙티브나 실시간 변화가 어려운 기획에 속한다. 콘텐츠와 같이, 한 번 발행하고 나면 그 상태 그대로 여러 사람을 거쳐가게 된다. 그러나 콘텐츠와 달리 참여자들이 경험에 참여하는 정도가 높다. 이러한 특징 때문에 '가오픈'이라는 이름을 내걸고 실험을 시도하는 가게들도 있다. 가오픈 기간에 미숙했던 부분들은 참여자들의 피드백을 반영하여 개선한 뒤 실제 오픈Grand Open!!이라고 써붙인을 시작한다.

가장 참여 수준이 높은 공간 중 하나는 '집'이다. 이제는 사람들이 집을 '살기 위해 필요한 공간' 이상으로 인식한다. '오늘의집', '집꾸미기'와 같은 주거 경험 플랫폼의 폭발적인 성장과 함께 인테리어에 대한 관심이 높아진 것도 이 때문이다. 집에 대한 인식이 '경험하는 공간'으로 변화한 것이다. 이러한 흐름이 계속될수록 집이라는 공간은 개인의 개성을 점점 더 많이 반영하게 될 것이다.

'집밥'의 '집'은 바로 윗 문단의 '집'과는 사뭇 다른 분위기를 가진다. 그러한 분위기를 만들어 주는 절대적인 역할은 '어머니'라는 표현으로 대표되는 보호자의 존재다. 언제든 내 편이 되어주고 어디서든 나를 걱정해 주는 존재. 그러한 존재가 같은 공간의 참여자로 있기 때문에 집이라는 공간의 분위기가 완성된다. 집밥이라는 단어만 기억해도 이번 글을 모두 기억할 수 있는 것이다.

집밥의 따끈함을 만드는 것은 마음이다. 진정성, 진심, 무엇으로 부를지는 크게 중요치 않다. 당신의 공간에서 마음을 느끼고 위로를 받아갈 수 있다면, 그보다 더 성공적인 기획이나 마케팅은 없다.

04
폴라로이드로
인화된 이벤트

인간중심 경험디자인 HX 유형별 특징:
이벤트 기획 편

축제, 전시, 세미나, 팝업스토어. 이벤트는 경험디자인의 꽃이다. 경험 자체가 목적이기 때문이다. 이벤트는 좋은 경험을 전하기 위해 존재한다. 이벤트가 성공적으로 이루어지면 참여자에게 좋은 추억을 남겨주기 쉽다. 이벤트 장면 자체가 추억으로 기억되기 용이하도록 만들어진다.

이벤트의 기억은 폴라로이드 사진과 같이 장면으로 기록된다. 인화된 장면은 나중에라도 다시 꺼내보기 편하다. 따라서 이벤트에는 필름지에 담아 가고 싶을 만한 장면이 있어야 한다. 인화된 기억은 방 한 켠에 걸려, 두고두고 소중한 추억으로 남을 것이다.

이벤트는 공간에 사건이 더해지는 형태로 완성된다. 공간 기획의 성격을 일부 물려받으면서도, 시간의 흐름이라는 요소가 가미된다. 이벤트에서는 공간의 구분보다 사건의 흐름이 중심을 잡아야 한다. 참여자는 이벤트에서 일련의 사건을 경험한다. 각 사건의 순서는 참여자마다 다를 수 있다. 기획자는 참여자들이 일정한 순서로 사건을 경험하도록 유도한다. 혹은 어떤 순서로 경험하더라도 극단적인 차이가 발생하지 않도록 한다. 물론, 이벤트의 목적에 따라 달라질 수 있다.

참여하는 사람마다 각기 다른 경험을 하게 하는 것이 이벤트의 전략이 될 수도 있다. 중요한 것은 참여자가 저마다의 방식으로 경험하는 사건들의 시나리오를 기획자가 알고 있어야 한다는 것이다. 기획자가 가지고 있는 시나리오가 빈틈없을수록 참여자들이 목적에 부합하는 경험을 안고 돌아갈 수 있다.

이벤트의 경험은 다섯 가지 감각은 물론, 어떠한 정서를 유발한다. 즐거움, 감동, 고양감, 유대감 등. 심지어 정보 전달을 위한 세미나의 경우에도 각각의 참여자는 세미나에서 다양한 사람을 만나며 다양한 정서를 경험하게 된다. 앞서 우리는 정서가 경험에서 가장 강력한 맥락이며, 의사결정에도 영향을 줄 수 있음을 언급했었다. ^{관련 글: 윈도우를 사야 하는 자, 맥북을 사야 하는 자} 이벤트는 언제나 정서와 함께 기록된다.

어떤 정서를 가장 앞세워 전달할 것인지에 따라 이벤트 기획의 방향성이 크게 달라질 수 있다. 지향성이 달라지기 때문이다. 물론, 누구나 즐거움도 주고 싶고 감동도 주고 싶고 유대감도 주고 싶고 많은 걸 주고 싶어 한다. 그러나 지향성은 다다익선이 될 수 없다. 많을수록 좋다고 착각하면 안 된다. 각기 다른 방향의 지향성이 많아질수록 메시지는 옅어진다. 공간의 메시지가 단어로 존재한다면, 이벤트의 메시지는 문장의 형태로 전달된다. 그렇기 때문에 비교적 명확하다. 단어로 존재하는 메시지는 이벤트 각 구역zone 의 이름이 된다. 이벤트는 이러한 단어를 조합하여 하나의 문장을 참여자 가슴속에 남긴다.

이벤트에서는 특히, 타인이 긍정적인 요소로 작용하기 쉽다. 이벤트를 기획하는 단계에서부터 타인의 존재를 염두에 둔 설계를 하기 때문이다. 오프라인 이벤트는 참여자가 군중을 형성한다. 물리적으로 느껴지는 군중은 온라인 이벤트에서는 결코 따라 할 수 없는 오프라인 이벤트만의 특징이다.

군중은 강력한 만큼 위험할 수 있다. 여러 가지 사건사고에 대한 안전관리를 해야 하고, 책임감이 분산되면 집단의 도덕성이 옅어지기도 쉽다. 그러나 군중만이 가질 수 있는 강력한 에너지를 갖는다. 무관중으로 치러진 콘서트와 관중의 떼창이 들리는 콘서트의 열기를 떠올려보라.

오프라인에서 치러지는 이벤트는 대부분의 경우 물리적인 형태의 기념품을 남긴다. 티켓, 굿즈, 책자 등. 이러한 기념품은 SNS에 업로드한 사진보다 더 개인적인 추억이 된다. 물건에 얽힌 추억은 참여자와 더 깊은 관계를 맺기 때문이다. 이벤트의 특징들은 경험이 상품이 될 때의 특징을 모두 물려받는다. 이벤트는 가장 강력한 경험상품이다. 팝업스토어가 강력한 것도 이 때문이다. 그래서 수많은 브랜드가 홍보 전략으로 팝업스토어를 애용한다. 성공적인 오프라인 이벤트는 가장 효과적인 홍보 수단인 동시에 가장 강력한 브랜딩 수단이기 때문이다.

코로나 바이러스가 창궐한 2년은 오프라인 이벤트 기획자에게는 '잃어버린 2년'과 같았다. 전 세계에 퍼진 역병으로 인해 대면 접촉이 소멸되다시피 했기 때문이다. 비대면 중심의 뉴 노멀New Normal[22]은 우리 삶의 많은 부분을 변화시켰다. 그러나 인

---

22 시대 변화에 따라 새롭게 떠오르는 기준 또는 표준을 뜻하는 말_출처 시사경제 용어사전. 사회적 거리두기가 한창인 때에는 비대면을 중심으로 한 경제활동이 사회의 새로운 표준이 되었다.

간은 만남을 지향하는 존재다. 지구 상의 그 어떤 개체보다 큰 규모의 사회를 이루고 높은 수준의 사회 구조를 형성하고 있다. 코로나의 종식과 함께 오프라인 이벤트도 부활할 것이다. 오히려 폭발적으로 수요가 증가할 수도 있다. 사회적 거리두기가 이루어지는 동안에도 대면 교류가 주는 이점을 포기하지 못하는 사람들이 있었다.

그러나 포스트 코로나가 오프라인으로의 회귀라고 주장하는 것은 아니다. 코로나 이후의 오프라인 이벤트는 이전과 다른 형태를 찾아갈 것이다. 온라인을 가미해 보다 많은 사람이 동시에 참여하도록 할 수도 있고, 미디어아트의 활용도 활발해질 수 있다.

시대는 변했지만 인간의 작동원리는 크게 변하지 않았다. 변화된 시대에서도 인간경험에 대한 통찰은 강력한 무기가 되어 줄 것이다.

05
옆집에 사는
브랜드

인간중심 경험디자인HX 유형별 특징:

브랜드 기획 편

브랜드는 옆집에 산다. 옆집 이웃은 늘 가까이 있지만 매일 내 삶에 끼어들지는 않는다. 때로는 그곳에 있다는 것을 잊고 살기도 한다. 그러다 한 번씩 집을 나서다 마주치는 날이 있다. 반갑게 인사하는 이웃이 있는가 하면, 그다지 달갑지 않은 이웃도 있다. 같은 이웃이어도 반갑게 인사하는 날이 있는 반면 혼자 있고 싶어지는 날도 있다. 이웃과 브랜드의 차이가 있다면, 브랜드는 이사를 가지 않는다는 것이다. 한 번 자리를 잡으면 종신 부동산 계약을 맺는다. 이사를 가는 것은 브랜드 옆집의 당신, 소비자인 당신이다.

지금만큼 자신의 브랜드를 만들고자 하는 사람이 많은 시기가 있었을까 싶다. 요즘은 기업뿐만 아니라 개인들도 브랜딩에 혈안이 되어있다. 자신의 무언가를 운영하고 생산하는 사람이라면 한 번쯤 퍼스널 브랜딩에 대해 고민해 본 적이 있을 것이다. 그러나 대부분의 브랜딩 강의는 브랜드를 만들고자 하는 사람 입장에서 쓰여있다. 브랜딩의 방법론에 대해서는 브랜드 전문가들이 훌륭한 가이드를 제공해 줄 것이다. 이 책에서는 사람과 경험의 관점에서 브랜드가 소비자, 고객, 참여자 입장에서 어떻게 경험되는지를 적어보려 한다.

소비하는 입장에서의
브랜드

브랜드 아이덴티티^{정체성}, 컨셉, 메시지, 차별화, 충성도 모두 생산자 입장에서의 브랜드이다. 소비자 입장에서 브랜드는 무엇일까? 소비자 입장에서의 브랜드는 반복되고 일관된 자극에 대한 노출로, 무의식 속에 각인된 기억의 집합체이다. 심리학자들은 복잡한 개념을 이렇게 한 문장으로 설명하는 것을 좋아한다. 그게 얼마나 더 복잡하게 느껴지는지는 처절하게 경험한 바 있으므로, 하나씩 뜯어서 살펴보도록 하자.

반복되고 일관된 자극

당신의 브랜드는 소비자 입장에서, 반복되고 일관된 자극이다. 여기서 '일관된'은 앞서 강조했던 '지향성'에 해당한다. 당신의 브랜드는 어떠한 지향성을 가진다. 브랜드가 지향성을 이상적으로 장착하면, 브랜드 메인 슬로건부터 고객센터의 안내문구까지 모두 일정한 방향성을 가진다. 심지어 브랜드가 생산하는 모든 홍보물, 콘텐츠, 서비스에 들어가는 문구의 폰트를 통일하기까지 한다. 일관적이지 못한 것은 브랜드가 되기 어렵다.

무의식 속에 각인

반복되고 일관된 브랜드는 여러 가지 콘텐츠, 서비스, 공간, 이벤트 즉 경험을 생산한다. 그리고 소비자는 이러한 요소들에 노출된다. 인간은 어떠한 자극에 노출되면 어떠한 반응을 보인다. 맛있는 고기 냄새에 노출되면 관련된 감각 뉴런이 활성화되고, 관련된 기억이 떠오른다. 공복이라면 배가 고파질 수 있고, 오늘 저녁 메뉴를 고기로 할까 생각할 수도 있다.

이러한 과정은 무의식 중에 자동으로 일어난다. '냄새가 나니까 맡아봐야지' 하고 맡는 것이 아니다. 보이니까 보고, 들리니까 듣는 것이다. 이런 자극이 반복적으로 나타나면 특정한 반응과 연합이 이루어진다. 심리학에서는 '학습'이라고 한다. 파블

로프의 개가 종소리를 듣고 침을 흘리는 것, 테슬라의 원숭이가 설탕물을 먹기 위해 게임을 클리어하는 것도 이러한 학습 덕분이다. 반복되고 일관된 자극은 학습된다. 즉, 무의식 속에 각인된다.

기억의 집합체

기억이라고 하지 않고 기억의 집합체라고 한 이유가 있다. 브랜드는 단순히 저장된 정보 이상의 의미를 갖는다. 머그컵과 '나의' 머그컵의 차이를 기억하는가? 머그컵은 어떠한 물체에 대한 정의에 가깝지만, '나의' 머그컵은 나와 어떤 관계를 맺고 있는 대상이다. 관계에는 머그컵에 대한 정의는 물론, 특정한 기억, 나아가 정서까지 포함되어 있다. 성공적인 브랜드는 정의로 기억되지 않고 느낌^{인상}으로 기억된다. 느낌은 다양한 기억의 집합체라고 할 수 있다.

이렇게 만들어진 기억의 집합체는 머릿속 어떤 공간을 차지하고 들어앉는다. 그곳에는 특정하게 배분된 정서라는 문패가 붙는다. 애플이 사는 공간에는 세련됨, 시몬스 침대는 편안함, 볼보 자동차는 안전함. 삼성의 스마트폰은 한 때 '아재폰'이라는 달갑지 않은 이미지가 붙어 있었다. 삼성의 끝없는 디자인

혁신으로 지금은 그런 이미지를 많이 벗은 듯하다. 그 과정에는 광고 영상이 있었다. 한동안 젊고 세련된 느낌의 갤럭시 광고 영상이 나오면 꼭 뒤에 붙는 수식어가 있었다.

"애플 광고 같은데?"

삼성이 의도한 것인지, 그렇지 않은 것인지는 알 수 없지만, 사람들의 반응은 '많이 세련되어지고 있다'가 아닌 '애플스러워지고 있다'였다. 세련된 이미지는 이미 애플이 강력하게 선점하고 있었기 때문이다. 브랜드는 색상을 선점할 수도 코카콜라의 빨간색, 스타벅스의 초록색, CM송이나 카피를 통해 강하게 각인되기도 한다.

"따끈한 밥에, 스팸 한 조각."

이렇게 각인된 브랜드는 개인과 어떤 관계를 형성한다. 그 관계가 끈끈할수록 강력한 브랜드 충성도가 된다. 브랜드 충성도는 재구매를 유도하거나 경쟁자를 제거해서 만드는 것이 아니다. 끈끈한 관계를 맺는 과정에서 그러한 방법도 사용할 수 있는 것이다.

그렇기 때문에 브랜딩에 정답은 없다. 당신의 브랜드가 어떤 친구, 어떤 이웃이 되어줄 수 있는지는 당신이 가장 잘 알고 있기 때문이다. 퍼스널 브랜딩을 위해 자기 자신을 깊게 알고, 솔직히 드러내야 한다는 것도 같은 맥락에서다. 자기 자신을 알고 솔직히 드러낸 사람만이 깊은 친구를 사귈 수 있다.

경험 설계의 마지막 장에 브랜드를 배치한 것은, 이번 글의 내용이 앞선 모든 글의 내용을 담고 있기 때문이다. 경험을 기획하는 우리는 궁극적으로 참여자와 어떤 관계를 맺고 싶어 한다. 좋은 관계를 맺는 것이 결국 좋은 브랜딩이다. 지금까지 철저히 사람을 대상으로 한 경험을 살펴본 것도 결국은 좋은 친구가 되기 위해서라고 할 수 있다.

좋은 친구란 무엇인가? 어려울 때 힘이 되는 친구? 묵묵히 곁에 있어주는 친구? 기쁨과 슬픔을 함께하는 친구? 당연히 사람마다 대답이 다를 것이다. 그리고 그 질문에 대한 대답이, 당신의 브랜드가 가고자 하는 방향이다.

당신은, 그리고 당신의 브랜드는 어떤 친구가 되어주고 싶은가?

당신이 구매한 것은
책이 아닙니다

지금까지 소비한 것은 글을 읽는 경험이다

이 책이 전달하는 텍스트 경험은 이렇게 마무리되었다. 우리는 경험의 중요성에 대해 생각해 보았다. 인간에게 가장 소중한 것은 경험이고, 인간의 모든 시간은 경험으로 기록된다. 그리고 그 경험은 이제 상품이 되어, 경험 경제의 시대가 도래했다.

그리고 경험이 어떻게 이루어지는지 그 과정을 따라 가보았다. 경험은 지각으로부터 시작된다. 그러나 모든 지각이 경험으로 남지는 않는다. 그렇기 때문에 경험을 설계할 때는 기저선을 설정해야 한다. 기획자는 참여자들이 어떤 기억을 가져가게 할 것인지를 선택한다. 이와 같은 과정을 거쳐 경험은 참여자와 어떠한 관계를 맺는다.

다음으로는 기획의 과정을 따라갔다. 경험을 설계할 때는 일관된 지향성이 있어야 한다. 경험상품은 우연히 발견되고 참여자를 모은다. 참여자의 경험은 기획자가 설계한 경험보다 더 일찍 시작하고 더 늦게 끝난다. 참여자 입장에서 경험을 기획하기 위해서는 팔고자 하는 경험의 시간보다 한 시점 앞선 혹은 한 시점 늦은 관점이 필요하다.

마지막으로는 각 분야별 경험상품이 어떤 특징을 가지고 있는지 살펴보았다. 온라인과 콘텐츠 경험, 서비스, 공간, 이벤트. 마지막으로 그것들이 모두 모이면 하나의 브랜드가 될 수 있었다. 브랜드란 곧 경험의 총체적인 집합이기 때문이다.

나는 당신에게 텍스트를 읽는 경험을 팔았다. 당신은 시간을 지불하고 이 글을 읽어주었다. 텍스트만으로도 경험을 만들 수 있다. 당신이 파는 모든 것들은 소비자에게 경험된다. 경험을 판다는 것은 사실 그리 특별하고 대단한 일이 아니다.

우리는 매일을 경험하고, 어떤 경험을 사고, 어떤 경험을 팔면서 살아간다. 지각의 현상 중 하나로, 특정 대상에 과도하게 몰입하면 익숙하던 대상이 낯설게 느껴지는 경우가 있다. 흔히 '게슈탈트 붕괴'로 불리는 현상이다. 우리는 매일 아무렇지도 않게 숨을 쉰다. 이것은 전혀 어려운 일이 아니다. 그러나 숨을 잘 쉬라고 주문하면, 갑자기 숨쉬기가 어색해지고 어려워진다.

경험도 마찬가지다. 기술적으로 접근하면 한없이 어렵게 느껴진다. 그러니 가장 중요한 것은 결국 진정성이라고 말하고 싶다. 진정성보다 강력한 기획의 도구는 없다.

이 글이 괜찮은 경험이었는지 묻고 싶다.

부디 아깝지 않은 시간이었길 바란다.

2부 경험을 디자인하다

당신의 **경험**을 사겠습니다

초판 1쇄 인쇄일	2022년 08월 17일
초판 1쇄 발행일	2022년 08월 25일
지은이	박승원
발행인	이지연
주간	이미숙
책임편집	김진아
책임디자인	김은주
책임마케팅	이운섭
경영지원	이지연
발행처	㈜홍익출판미디어그룹
출판등록번호	제 2020-000332 호
출판등록	2020년 12월 07일
주소	서울시 마포구 독막로18길 12, 2층(상수동)
대표전화	02-323-0421
팩스	02-337-0569
메일	editor@hongikbooks.com

ISBN   979-11-9142-062-3(03190)